【世說新語】

古典三分鐘

范子燁 編著

古典三分鐘——世説新語

編　　著：范子燁
責任編輯：李瑩娜
封面設計：張　毅
出　　版：商務印書館（香港）有限公司
香港筲箕灣耀興道 3 號東滙廣場 8 樓
http://www.commercialpress.com.hk
發　　行：香港聯合書刊物流有限公司
香港新界荃灣德士古道 220-248 號荃灣工業中心 16 樓
印　　刷：美雅印刷製本有限公司
九龍觀塘榮業街 6 號海濱工業大廈 4 樓 A 室
版　　次：2024 年 4 月第 1 版第 7 次印刷

ISBN 978 962 07 4497 6
Printed in Hong Kong

本書中文繁體字版由中華書局（北京）授權出版

導言

《世說新語》是一部纂輯舊文、成於眾手的誌人小說。主編劉義慶（403～444）為彭城（今江蘇徐州）人，南朝劉宋之宗室，襲封臨川王，歷任平西將軍、荊州刺史、南兗州刺史以及都督加開府儀同三司。他去世後，被朝廷追贈為司空，謚號康王。他一生簡素寡慾，愛好文學，編纂了《典敘》《集林》《宣驗記》《後漢書》《幽明錄》《徐州先賢傳》《江左名士傳》和《宋臨川王義慶集》等多種著作，這些書大都已經亡佚了。他的生平事跡在《宋書》和《南史》本傳中有比較詳細的記載。

《世說》一書大約在元嘉十六年（439）四月至元嘉十七年（440）十月間編成於江州（今江西九江）。參與編纂者有著名的文學家袁淑（408～453）、鮑照（?～466）、何長瑜（?～445?）和陸展（?～453）等人，他們當時在劉義慶的幕府中工作。

《世說》的基本特點是採取分門隸事的體制。該書共有36門，各門之名稱和意義如下：

《德行》──道德、品行；《言語》──言談、辭令；《政事》──行政事務；《文學》──文章、學術；《方正》──端方正直；《雅量》──氣量宏闊；《識鑒》──賞識、辨別；《賞譽》──賞識、讚譽；《品藻》──品評、鑒定；《規箴》──規諫、告誡；《捷悟》──敏捷、迅速；《夙惠》──早慧、早熟；《豪爽》──豪放、爽快；《容止》──形貌、舉止；《自新》──自我革新；《企羨》──欣羨、仰慕；《傷逝》──哀念逝者；《棲逸》──隱居、退隱；《賢媛》──賢明女士；《術解》──解悟技藝；《巧藝》──技巧、技藝；《寵禮》──寵愛、禮遇；《任誕》──任達、放縱；《簡傲》──簡慢、高傲；《排調》──嘲戲、調笑；《輕詆》──輕視、詆毀；《假譎》──虛偽、詭詐；《黜免》──黜退、罷免；《儉嗇》──吝嗇、小氣；《汰侈》──驕奢、奢侈；《忿狷》──忿怒、狷急；《讒險》──誹謗、邪惡；《尤悔》──過失、悔恨；《紕漏》──錯誤、疏忽；《惑溺》──迷惑、沉溺；《仇隙》──仇怨、嫌隙。

以上各門的排列大致遵從由褒到貶的次序：褒在前，貶居後，愈往前愈褒，越往後越貶。《世説》每一門中的故事，性質相似，所寫人物有同有異；每個人物的言行，散見於各門之中。由此，其所寫人物與各門互為經緯，形成一個蘊涵六百多人的人物畫廊。讀者既可以由其具體的門類加強對某一方面內容的認識，又可以將每個人物在各門中的故事綜合起來，窺見其完整的藝術形象。

《世說》主要記載東漢後期至晉宋間的一些名士的言行逸事，表現了魏晉世族社會的波譎雲詭和士林精英的心靈悸動。其記言的成分多於記事。《世說》的人物每發言遣詞，無不畢肖其聲口，寥寥數語，往往使其神情畢現，躍然紙上，堪稱鬼斧神工。書中既沒有絕對的好人，也沒有絕對的壞人，呈現在讀者面前的是性格豐滿、情韻生動的活生生的人。

書中通俗的方言、口語與典雅的書面語珠聯璧合，語言豐富而生動。作者採用富於時代性的語言來表現當時人物的生活形態和思想感情，從而實現了對中國古代文章語體的一次重要變革，在中國文學史上獨樹一幟。《世說》的語言斑斕絢麗，多姿多彩：時而美豔華麗，時而冷雋玄遠，時而清婉疏雅，時而幽默風趣，而尤其富於「紆餘委曲」的含蓄美、「排沙簡金」的簡潔美和「韶音令辭」的音樂美，空靈要眇，真致不窮。其淵懿豐厚的審美情味，千載以下，仍然使人耽味不已。

《世說》雖為文學寶典，而具史傳特性，故而在文化方面極富價值。書中廣泛反映了漢末魏晉之際的社會風氣，諸如清談玄學、人物品藻以及飲酒服藥等等。在書中我們還可以窺見瀟灑自信的女性、富於智慧的兒童、能征善戰的將軍、運籌帷幄的政客、隱居避世的名士和優遊朱門的高僧等諸多人物的活動。所以，它的價值已經遠遠超出了小說的範圍。有人說它是魏晉文化的百科全書，這是有一定道理的。

《世說》的語言和故事，有許多已經成為我國古典詩詞中常用的典故，成為漢民族文學語言的有機組成部分。書中的某些故事，又成為後代文學題材的重要淵藪。後世的戲曲和小說多有從此書取材者。而後世文章從體例結構到語言風格，常常踵其步武，刻意模擬，因而形成了代代不絕的「《世說》體」文學。

本書選取了《世說》有代表性的故事共計 80 條，一般對原文不作刪節；各條的標題為編者所加，在正文之後，標明其所屬門類，對「經典延伸讀」所攝取的材料，也註明其出處，以便查考。而各條的「經典延伸讀」，主要取材於劉孝標《世說注》引用的材料和《世說》正文的相關條目，也有一些取材於經、史、子、集等方面的名著。為了便於讀者閱讀和理解，本書將這 80 條《世說》故事按照內容歸為七類，即：美德，妙語，深情，才藝，瀟脫，早慧，個性。

我謹將這部小書獻給各位讀者，希望能夠對大家有所幫助。不當之處，敬祈批評、指正。

范子燁

目錄

美德

妙語

深情

才藝

灑脱

早慧

個性

美德

禮賢下士

陳仲舉言為士則①，行為世範②，登車攬轡③，有澄清天下之志。為豫章太守④，至，便問徐孺子所在⑤，欲先看之。主簿白⑥：「群情欲府君先入廨⑦。」陳曰：「武王式商容之閭⑧，席不暇煖。吾之禮賢，有何不可！」

《德行》

【說文解字】

① 陳仲舉（?～168）：名蕃，字仲舉。平輿（今河南汝南）人。東漢桓帝末年，任太傅。當時宦官擅權，他與大將軍竇武謀誅宦官，被害。　士則：士，讀書人，知識分子；則，準則。

② 範：模範。

③ 攬轡：攬，拿住；轡，牲口的嚼子和韁繩。這裏指走馬上任。

④ 豫章：豫章郡，郡的首府在南昌（今江西南昌）；太守，郡的最高行政長官。

⑤ 徐孺子：名稚，字孺子，東漢豫章南昌人。當時的名士。

⑥ 主簿：官名，主管文書簿籍一類的事情。　白：陳述，稟報。

⑦ 府君：漢晉時期對太守的稱呼。太守辦公的地方稱府，所以稱太守為府君。　廨（粵 gaai^{3}

(普)xiè）：官署，衙門。

⑧ 武王：周武王。式：通「軾」，車前橫木。這裏的「式」是指行車途中在車上向人表示敬意的一種禮節，其方式或者是在車上跪拜，或者是低頭撫軾。商容：商紂時的大夫，當時被認為是賢人。閭：里巷。

【白話輕鬆讀】

陳仲舉的言論是讀書人的準則，行為是世人的模範。他初次登車赴任，就有澄清天下的志向。他在擔任豫章太守時，剛到郡裏，就詢問徐孺子的住處，想先去拜訪他。主簿稟報說：「大家的意思是希望府君先進官署。」陳仲舉說：「周武王連蓆子都來不及坐暖，就去商容住處拜望，表達敬意。我先去禮拜賢人，又有甚麼不可以呢！」

經典延伸讀

陳蕃字仲舉，汝南平輿人。有室荒蕪①，不掃除，曰：「大丈夫當為國家掃天下。」

（劉孝標注引《汝南先賢傳》）

【說文解字】

①室：居室，房屋。

【白話輕鬆讀】

陳蕃字仲舉，是汝南平輿人。家中庭院都荒蕪了，他也不打掃清除，卻說：「大丈夫應當為國家掃平天下。」

多思考一點

陳蕃是一個志向遠大的人，所以他能夠禮賢下士，淡忘自我。他考慮的是國家利益，而不是個人的名分。所以，他面對自己荒蕪的庭院，也能夠怡然自樂。這種思想境界是很值得敬佩的。

一世龍門

李元禮風格秀整①，高自標持②，欲以天下名教是非為己任③。後進之士有升其堂者④，皆以為登龍門⑤。

《德行》

【說文解字】

① 李元禮（110～169）：名膺，字元禮，東漢人，曾任司隸校尉。當時朝綱廢弛，他卻獨持法度。後謀誅宦官未成，被殺。 風格：風度，格調。 秀整：高雅，莊重。

② 標持：自負。

③ 名教：儒家所宣導的以正名定分為準則的禮教。

④ 升其堂：指有機會接受教誨。堂，廳堂。

⑤ 龍門：地名，在山西河津縣西北。參見本條「經典延伸讀」。

【白話輕鬆讀】

李元禮風度不凡，莊重高雅，頗為自負，試圖以弘揚儒家禮教、辨明是非為己任。後輩讀書人有機會能夠到他府上聆聽教誨的，都以為是登上了龍門。

經典延伸讀

龍門一名河津，去長安九百里①，水懸絕②，龜魚之屬莫能上③，上則化為龍矣。

（劉孝標注引《三秦記》）

【說文解字】

① 去：距離。

② 懸絕：高絕，形容水位落差很大。

③ 屬：類。

【白話輕鬆讀】

龍門又名河津，距長安城有九百里，水勢高絕，龜魚之類難以游上去。有能游上去的，就會變成龍。

多思考一點

人生於世，對於國家和民族應該具有使命感和責任感。李膺身為一代名士，能夠大力扶植和關愛那些虛心求教的後學、晚輩，這一點在當時等級森嚴的社會裏是非常寶貴的。

巨伯探病

荀巨伯遠看友人疾①，值胡賊攻郡②，友人語巨伯曰：「吾今死矣，子可去③。」巨伯曰：「遠來相視，子令吾去，敗義以求生，豈荀巨伯所行邪！」賊既至，謂巨伯曰：「大軍至，一郡盡空，汝何男子④，而敢獨止？」巨伯曰：「友人有疾，不忍委之⑤，寧以我身代友人命。」賊相謂曰：「我輩無義之人，而入有義之國。」遂班軍而還⑥，一郡並獲全。

《德行》

【說文解字】

① 荀巨伯：東漢桓帝時人。
② 值：遇上，碰上。　胡：古時對西北各少數民族的統稱。
③ 子：尊稱，相當於「您」。
④ 汝：你。
⑤ 委：拋棄。
⑥ 班軍：把出征的軍隊撤回去。

【白話輕鬆讀】

荀巨伯到遠方探望患病的朋友，正好遇上胡人的賊兵攻打郡城，朋友勸巨伯說：「我現在活不成了，請您離開吧。」巨伯說：「我遠道來看望你，你卻叫我離開，損害道義以求活命，豈是我荀巨伯之所為！」賊人到了，對巨伯說：「大軍一到，全城皆空，你是甚麼人，竟敢獨自停留於此？」巨伯說：「朋友生病，我不忍心扔下他，寧願代朋友一死。」賊人聽了，互相議論說：「我們這些沒有道義的人，卻侵入了有道義的國家！」於是撤回了軍隊，全城也因此得以保全。

經典延伸讀

朱暉字文季，南陽宛人也。家世衣冠①。暉早孤，有氣決②。年十三，王莽敗③，天下亂，與外氏家屬從田間奔入宛城④。道遇群賊，白刃劫諸婦女，略奪衣服⑤。昆弟賓客皆惶迫⑥，伏地莫敢動。暉拔劍前曰：「財物皆可取耳，諸母衣不可得⑦。今日朱暉死日也！」賊見其小，壯其志，笑曰：「童子內刀⑧。」遂舍之而去。

《後漢書》卷四三《朱暉傳》

【説文解字】

①衣冠：古代士以上的人服冠。這裏指世族、士紳。
②氣決：氣概，決斷。
③王莽（前 45～後 23）：新王朝的建立者，公元 8～23 年在位。
④外氏：母親的家族。
⑤略奪：搶劫，劫奪。
⑥昆弟：兄弟。
⑦諸母：庶母，父妾之有子者。
⑧內刀：內心剛勁，犀利如刀。

【白話輕鬆讀】

朱暉字文季，南陽宛城人。其家歷代皆為世族。朱暉雖然早年喪父，但是很有氣魄。他十三歲時，王莽敗亡，天下大亂，和母親家的親屬一同奔入宛城。途中遇見群賊，用刀劍劫持各位婦女，搶奪她們的衣物。他的外氏兄弟和隨行的賓客們都惶恐萬分，趴在地上不敢動彈。朱暉拔劍而前，說道：「財物，你們可以拿去，庶母的衣服，你們不能動！否則，今天就是我朱暉死亡之日！」賊人見他幼小，很欽佩他的心志，笑道：「這個孩子內心剛勁，鋒利如刀。」於是拋開他們走了。

多思考一點

荀巨伯的故事只有116個字，結構完整，對話生動，語言精練，具有鮮明的藝術特色。開頭一句「荀巨伯遠看友人疾」，就已經寫出了荀巨伯對朋友的關懷——他不辭辛苦，不怕路遠來探視身患重病的朋友。作品在情節的發展中，通過他和朋友以及和胡賊的兩次對話，逐步把他的重義輕生、篤於友情的崇高品質表現出來，真摯而感人。特別是從賊人口中說出他當時是在「一郡盡空」的情況下，冒着生命危險留在友人身邊的，就更加令人讚歎。赳赳胡兵，粗野無理，是荀巨伯的高尚情操喚醒了他們的良知，終於發出了「我輩無義之人，而入有義之國」的感歎。這是對其野蠻的侵略行為的自我省察，也是對以荀巨伯為代表的中國傳統道德風範的禮讚。而少年朱暉面對賊人手中的利刃無所畏懼的氣概，使那些惶恐伏地的成年人也相形見絀。荀巨伯以道義感動了胡賊，朱暉以勇敢震懾了強人。其精神、品質，千載之下，仍然熠熠閃光，鼓舞人心。

割蓆分坐

管寧、華歆共園中鋤菜①，見地有片金，管揮鋤與瓦石不異，華捉而擲去之②。又嘗同席讀書③，有乘軒冕過門者④，寧讀如故，歆廢書出看⑤。寧割席分坐⑥，曰：「子非吾友也！」

（《德行》）

【說文解字】

①管寧（158～241）：字幼安。三國魏北海朱虛（今山東臨朐縣東）人。終生不仕，卒於家。　華歆（156～231）：字子魚。東漢平原高唐（今山東禹城縣）人。魏明帝時任太尉。

②捉：握，拿。　擲：扔，拋。

③席：坐席。

④軒冕：大夫以上的貴族坐的車和戴的禮帽，這裏是偏義複詞，指軒而言。

⑤廢：放棄，放下。

⑥割席分坐：後用此語代指朋友絕交。

【白話輕鬆讀】

管寧和華歆一同在園中鋤菜，看見地上有片金子，管寧照舊鋤地，就和看見瓦石一樣，華歆卻把金子撿起來又扔了出去。他們還曾經同在一張蓆上讀書，這時有達官貴人乘車從門口經過，管寧照舊讀書，華歆卻放下書本跑出去觀看。管寧就割斷蓆子，分開座位，說道：「你不是我的朋友。」

經典延伸讀

南陽翟道淵與汝南周子南少相友①，共隱於尋陽②。庾太尉說周以當世之務③，周遂仕。翟秉志彌固④。其後周詣翟⑤，不與語。

（《棲逸》）

【說文解字】

① 翟（粵zaak6 普zhái）道淵：翟湯，字道淵，南陽（今河南南陽）人。生活於東晉成、康二帝時期，隱居不仕。周子南：周邵（粵siu6 普shào），字子南，晉汝南（今河南汝南縣）

人。曾任鎮蠻護軍、西陽太守。

② 尋陽：縣名，在今江西九江。

③ 庾太尉：庾亮（289～340），字元規。晉潁川鄢（粵 jin1 普 yān）陵（今河南鄢陵）人。為東晉名臣。死後被追封為太尉，謚文康。

④ 秉志：堅持自己的志向。　彌固：更加堅定。

⑤ 詣：拜訪。

【白話輕鬆讀】

南陽人翟道淵和汝南人周子南年輕時關係很好，一同隱居在尋陽。庾太尉曾以當代之國家大事遊說周子南，子南於是出來做官；翟道淵卻更加堅定了隱居的心志。後來周去拜訪翟，翟不和他說話。

多思考一點

孔子說：「道不同，不相為謀。」人各有志，趣味不同。同為讀書人，管寧淡泊名利，華歆卻羨慕富貴；同是隱士，翟湯隱居終生，周邵則棄隱為官。人生的價值是多元的，人生的道路也不只一條。但不同追求的人很難成為朋友。

郗公名德

郗公值永嘉喪亂①，在鄉里，甚窮餒②。鄉人以公名德，傳共飴之③。公常攜兄子邁及外生周翼二小兒往食④，鄉人曰：「各自饑困，以君之賢，欲共濟君耳，恐不能兼有所存。」公於是獨往食，輒含飯箸兩頰邊，還，吐與二兒。後並得存，同過江⑤。郗公亡，翼為剡縣⑥，解職歸，席苫於公靈牀頭⑦，心喪終三年⑧。

《德行》

【說文解字】

① 郗（粵 hei1 普 xī）公：郗鑒（269～339），字道徽，高平金鄉（今山東金鄉縣）人。東晉時歷任兗州刺史、司空、太尉等職。 永嘉喪亂：晉懷帝永嘉五年（311），在山西稱帝的匈奴貴族劉聰（國號漢）派其將領石勒、劉曜俘殺宰相王衍，攻破洛陽，俘虜懷帝，焚毀全城，屠殺士民三萬餘人，史稱「永嘉之亂」。

② 窮餒（粵 neoi5 普 něi）：窮，生活困難；餒，飢餓。

③ 傳：輪流。 飴（粵 zi6 普 sì）：通「飼」，給人吃東西。

④ 外生：外甥。

⑤ 過江：指渡過長江到達江南。永嘉之亂，中

原人士紛紛過江避難，後來鎮守建康的琅邪王司馬睿即帝位，建立了東晉。

⑥為剡（粵 sim^{6} 普 shàn）縣：指做剡縣（今浙江嵊州）縣令。

⑦席苫（粵 sim^{1} 普 shān）：鋪草墊子為苫，坐、臥於其上。 靈牀：靈位。

⑧心喪：好像哀悼父母一樣悲傷而不穿孝子之服。古時父母死，服喪三年；外親死，服喪五月。郗鑒是舅父，周翼卻為他守孝三年，故稱心喪。

【白話輕鬆讀】

郗公在永嘉喪亂時期，居住在家鄉，生活十分艱苦，經常捱餓。鄉里人因為他的名望道德，便輪流請他吃飯。郗公經常帶着姪子郗邁和外甥周翼這兩個小孩一同前往就餐。鄉里人說：「各家自己也都窮困缺糧，因為您的賢德，大家才想共同接濟您，恐怕不能兼顧兩個孩子。」郗公於是便單獨去吃飯，每次總是把飯含在兩頰裏，回家後吐給兩個孩子。後來他們都活了下來，一起渡過長江。郗公去世之時，周翼正任剡縣縣令，他辭職還家，在郗公靈位前鋪墊守喪，足足三年之久。

經典延伸讀

（鑒）少有體正①，耽思經藉②，以儒雅著名。永嘉末，天下大亂，饑饉相望③。冠帶以下④，皆割己之資供鑒⑤。

（劉孝標注引《郗鑒別傳》）

【說文解字】

①體正：正派，正直。

②耽思：專心研究。經藉：經書典籍；藉，同「籍」。

③饑饉：饑荒。

④冠帶：以服飾代指人，這裏指官僚貴族。

⑤割己：割捨自己。

【白話輕鬆讀】

郗鑒年輕時為人正直，專心研讀古代經典，以儒雅著稱於世。永嘉末年，天下大亂，饑荒不斷。官僚貴族以至黎民百姓，都割捨自己之所有來供給郗鑒。

多思考一點

在戰亂、饑荒不斷的年代，人們不顧自己生活的困苦，盡可能地幫助郗鑒這位正直而有名望的人，這一事實足以說明人們對道德、學問的尊崇。而郗鑒卻將生存的希望留給兩個孩子，更足以說明他對後代、晚輩的關愛和崇高的自我犧牲精神。

顧榮施炙

顧榮在洛陽①，嘗應人請，覺行炙人有欲炙之色②，因輟己施焉③，同坐嗤之④。榮曰：「豈有終日執之⑤，而不知其味者乎？」後遭亂渡江⑥，每經危急，常有一人左右己⑦，問其所以⑧，乃受炙人也。

《德行》

【說文解字】

①顧榮：字顏生，吳郡（今江蘇蘇州）人。仕於孫吳和東晉，歷任黃門侍郎、散騎常侍等職。

②行炙人：傳遞菜餚的僕人。炙，烤肉，魏晉貴族喜歡吃的一種食品。

③輟己：自己停下來。施：給，贈給。焉：相當於「於之」，給他。

④嗤：譏笑，嘲諷。

⑤執：拿，持。

⑥渡江：參見「郗公名德」註①和註⑤。

⑦左右：幫助，這裏是方位性名詞用作動詞。

⑧所以：原因。

【白話輕鬆讀】

顧榮在洛陽之時，曾應邀赴宴，發現上菜的僕役露出想吃烤肉的神情，就把自己的那一份讓給了他。同座的人都譏笑顧榮，顧榮說：「天天端着烤肉，卻不知肉味如何，天下哪有這種道理呢？」顧榮後遭永嘉之亂過江避難，每逢危急之時，常有一個人在身邊幫助他。顧榮問他為甚麼這樣做，原來他就是過去得到烤肉的那個人。

經典延伸讀

淮陰侯韓信者①，淮陰人也。始為布衣時②，貧無行③，不得推擇為吏④；又不能治生商賈⑤，常從人寄食飲，人多厭之者。……信釣於城下，諸母漂⑥，有一母見信饑，飯信⑦，竟漂數十日。信喜，謂漂母曰：「吾必有以重報母。」……漢五年正月，徙齊王信為楚王⑧，都下邳⑨。信至國，召所從食漂母，賜千金。

（漢・司馬遷《史記》卷九二《淮陰侯列傳》）

【說文解字】

① 韓信（?~前196）：漢初諸侯王。淮陰（今江蘇清江西南）人。初被劉邦封為齊王。漢朝建立，改封楚王，後降為淮陰侯。

② 布衣：平民。

③ 無行：沒有好的品行。

④ 推擇：推薦，選舉。　吏：官吏。

⑤ 治生：謀生。　商賈（粵gu^{2} 普gǔ）：商人。

⑥ 漂：洗衣服。

⑦ 飯：給飯吃。

⑧ 徙：遷升。

⑨ 都：建都。　下邳（粵pei^{4} 普pī）：地名，在今江蘇睢（粵seoi^{1} 普suī）寧西北。

【白話輕鬆讀】

淮陰侯韓信是淮陰人。最初為平民時，貧窮而無品行，所以不能被舉薦為官；又不能為謀生去做買賣，所以常常寄食於人，人們大都討厭他。……韓信曾經在城下釣魚，許多年老的婦女在這裏洗衣服，有一位老婆婆見韓信飢餓，就給他飯吃。老婆婆一連數十天在此洗衣服。韓信很高興，就對老婆婆說：「我將來一定要厚報您老人家。」……漢五年正月，韓信由齊王改封為楚王，建都於下邳。韓信到了自己的屬國，召見給他飯吃的洗衣服的老婆婆，賜給她千兩黃金。

多思考一點

古人說：「積善之家，必有餘慶；積不善之家，必有餘殃。」顧榮身為貴族，卻將自己的烤肉送給僕人吃，足以說明他具有平等的價值觀念；而洗衣服的老婆婆幫助身處困境、浪蕩無行的青年韓信，也顯示了一顆善良的心。他們的善行都得到了應有的回報。

庾公的盧

庾公乘馬有的盧①，或語令賣去。庾云：「賣之必有買者，即復害其主，寧可不安己而移於他人哉②？昔孫叔敖殺兩頭蛇以為後人，古之美談。效之，不亦達乎③？」

《德行》

【說文解字】

① 庾公：即庾亮，參見「割蓆分坐」條「經典延伸讀」註③。的（粵 dik1 普 dí）盧：相傳是一種凶馬，古人認為騎此種馬不吉利。

② 寧可：怎麼能，豈可。

③ 達：通達，明白事理。

【白話輕鬆讀】

庾公的坐騎中有一匹的盧馬，有人告訴他，應該賣掉牠。庾公說：「如果賣牠，就必然有買主，這就可能傷害那個新主人。怎麼能將對自己安全構成威脅的東西轉嫁給別人呢？從前孫叔敖殺死兩頭蛇，為的是不讓後面來的人再看到牠，這是古時的美談。我向他學習，不也是明白事理嗎？」

經典延伸讀

孫叔敖為兒時①，出，道上見兩頭蛇②，殺而埋之。歸見其母，泣，問其故，對曰：「夫見兩頭蛇者，必死。今出見之，故爾。」母曰：「蛇今安在？」對曰：「恐後人見，殺而埋之矣！」母曰：「夫有陰德，必有陽報。爾無憂也！」後遂興於楚朝③，及長，為楚令尹。

（劉孝標注引賈誼《新書》）

【說文解字】

① 孫叔敖：名敖，字叔敖，春秋時楚國令尹。曾經興修水利，灌田萬頃，頗多建樹。
② 兩頭蛇：傳說中的一種怪蛇，見者必死。
③ 興：興起，指擢升高位，有所建樹。

【白話輕鬆讀】

孫叔敖小時候，有一次外出，在道上見到一條兩頭蛇，便將牠殺死埋掉了。回家後一見到他的母親，就哭了。母親問他為甚麼哭，他回答說：「看見兩頭蛇的人必死無疑，我外出時見到了牠，所以才哭。」母親說：「蛇現在哪裏？」他回答說：「我擔心後來的人見到牠，已經把它殺死埋掉了。」母親說：「暗中積德的人，必然會有公開的回報。你不要有任何憂慮！」他後來興起於楚國，長大之後，擔任了楚國的令尹。

多思考一點

己所不欲，勿施於人。庾公愛人如己，精神可嘉，而幼小的孫叔敖冒着生命危險為人除害，更表現出不凡的精神品格。他們珍惜自己的生命，更關心他人安危。在此二者發生矛盾的時候，他們都選擇了後者。這種精神，是對人、對社會的責任感。

潔行廉約

范宣年八歲①，後園挑菜②，誤傷指，大啼。人問：「痛邪？」答曰：「非為痛，身體髮膚，不敢毀傷③，是以啼耳。」宣潔行廉約，韓豫章遺絹百匹④，不受；減五十匹，復不受。如是減半，遂至一匹，既終不受。韓後與范同載⑤，就車中裂二丈與范云：「人寧可使婦無褌邪⑥？」范笑而受之。

（《德行》）

【說文解字】

① 范宣：字宣子。晉陳留（今河南陳留縣東北）人。以博學、道德聞名於世。

② 挑：挖。

③「身體」句，語出《孝經》：「身體髮膚，受之父母，不敢毀傷，孝之始也。」

④ 韓豫章：韓伯，字康伯。晉潁川長社（今河南長葛縣）人。曾任豫章太守等職。遺（粵 wai6 普 wèi）：贈送。

⑤ 載：乘坐。

⑥ 裂：撕。與：給。褌（粵 gwan1 普 kūn）：褲子。

【白話輕鬆讀】

范宣八歲時，在後園挖菜，不小心傷了手指，就大哭起來。別人問他：「很疼嗎？」他回答說：「不是為疼，身體髮膚，不敢毀傷，因此才哭的。」范宣品行高潔，生活儉樸，韓豫章送給他一百匹絹，他不收；減到五十匹，還是不收。就這樣一路減半，最後減到一匹，他仍是拒絕。後來韓豫章與范宣一起乘車，在車上撕了兩丈絹給范宣，說：「一個人難道可以讓妻子沒有褲子穿嗎？」范宣才笑着收下了。

經典延伸讀

宣家至貧①，罕交人事②。豫章太守殷羨見宣茅茨不完③，欲為改室。宣固辭。羨愛之，以宣貧，加年饑疾疫，厚餉給之④。宣又不受。

（劉孝標注引《中興書》）

【說文解字】

① 至：極，特別。
② 交人事：與人交往。
③ 殷羨：字洪喬，晉陳郡長平（今河南西華縣東北）人。歷任豫章太守、光祿勛等職。茅茨（粵ci^4 普cí）：指茅屋。
④ 餉（粵hoeng^2 普xiǎng）：贈送。

【白話輕鬆讀】

范宣家極為清貧，很少與外人交往。豫章太守殷羨看到范宣住在殘破的茅屋裏，便想為他改建新居。范宣堅決推辭。殷羨喜歡范宣，因為他過於貧窮，加上饑荒之年瘟疫流行，便饋贈給他許多東西。范宣又推辭不受。

多思考一點

道德高尚、學識淵博的人往往具有豐富的精神世界。他們不因清貧而趨俗，不以榮華而肆志，安貧樂道，秉持操守，故其生活雖貧，但在精神上卻非常富有。《大學》說：「富潤屋，德潤身，心寬體胖。」堪稱至理名言。

士人之常

殷仲堪既為荊州①，值水儉②，食常五碗盤③，外無餘肴。飯粒脫落盤席間，輒拾以啖之④。雖欲率物⑤，亦緣其性真素⑥。每語子弟云：「勿以我受任方州⑦，云我豁平昔時意⑧，今吾處之不易⑨。貧者，士之常⑩，焉得登枝而捐其本⑪！爾曹其存之⑫。」

《德行》

【說文解字】

① 殷仲堪（？～399）：晉陳郡長平（今河南西華縣東北）人。善屬文，能清言。晉孝武帝太元十七年（392），任荊州刺史。

② 值：正趕上。　水儉：因洪澇而莊稼歉收。太元十九、二十年，荊、徐二州遭水災。

③ 五碗盤：魏晉六朝及隋唐時期流行於南方的一種成套食器。每套由一個圓形托盤及盛放於其中的五隻小碗組成，故名。

④ 啖（粵 daam^6 普 dàn）：吃。

⑤ 率物：為人表率。

⑥ 真素：真誠，質樸。

⑦ 方州：一州的長官。

⑧ 豁：拋棄。

⑨ 易：改變。

⑩常：常態。

⑪本：根本。

⑫爾曹：你們。其：表達希望、勸告之意的語氣副詞。存：記住。

【白話輕鬆讀】

殷仲堪擔任荊州刺史時，正遇上水災歉收，他吃飯通常只是五個碗盤，此外沒有其他菜餚。飯粒掉在盤中或席上，總是撿起來吃掉。這樣做，雖然意在為人表率，也是因為他本性真誠、質樸。他常常告誡子姪們說：「不要因為我擔任一州的長官，就認為我會拋棄平生的志向，現在我堅守心志，毫無改變。貧窮是讀書人的常態，怎麼能登上了高枝，就丟掉他的根本呢！你們要記住我的話！」

經典延伸讀

王恭從會稽還①，王大看之②。見其坐六尺簟③，因語恭：「卿東來，故應有此物，可以一領及我。」恭無言。大去後，即舉所坐者送之。既無餘席，便坐薦上④。後大聞之，甚驚，曰：「吾本謂卿多⑤，故求耳。」對曰：「丈人不悉恭⑥，恭作人無長物⑦。」

（《德行》）

【說文解字】

① 王恭（？～398）：字孝伯，小字阿寧，晉太原晉陽（今山西太原）人。曾任中書令等職。　會稽：郡名，晉時治所在山陰（今浙江紹興）。

② 王大：王忱（？～392），小名佛大，也稱阿大，王恭的同族叔父輩，曾擔任荊州刺史。

③ 簟（粵tim5 普diàn）：竹蓆。

④ 薦：草墊子。

⑤ 卿：第二人稱代詞。六朝時，長輩對晚輩、上級對下級可以稱卿。

⑥ 丈人：晚輩對長輩的尊稱。

⑦ 長物（粵coeng4mat6 普chángwù，舊讀zhàngwù）：多餘的東西。

【白話輕鬆讀】

王恭從會稽回來後，王大前去看望他。看見他坐着一張六尺長的竹蓆子，便對王恭說：「你從東邊回來，自然會有這種東西，可否送一領給我？」王恭沒有說甚麼。王大走後，他就把自己坐的那領竹蓆送給了王大。既然自己沒有多餘的竹蓆了，他就坐在草墊子上。後來王大聽說此事，非常吃驚，對王恭說：「我原來以為你肯定有多餘的，所以才向你要。」王恭回答說：「您不了解我，我為人處世，從來沒有多餘的東西。」

多思考一點

殷仲堪身居高位，而不忘士人處世之根本，他秉持平生之操守，為人表率，表現出獨特的人格風韻。而王恭為人身無長物，清廉簡約，面對他人的索取，慷慨相贈，更顯示了超然物外、不計得失的精神修養。在這裏，殷仲堪對晚輩的諄諄教誨與王恭的默然無言，雖然外在表現不同，而其精神本質則是相通的。

純孝之報

吳郡陳遺①，家至孝。母好食鐺底焦飯②，遺作郡主簿③，恆裝一囊，每煮食，輒貯錄焦飯④，歸以遺母⑤。後值孫恩賊出吳郡⑥，袁府君即日便征⑦。遺已聚斂得數斗焦飯，未展歸家⑧，遂帶以從軍。戰於滬瀆⑨，敗，軍人潰散，逃走山澤，皆多饑死，遺獨以焦飯得活。時人以為純孝之報也。

《德行》

【說文解字】

① 陳遺：東晉吳郡（今江蘇蘇州）人。為郡吏，以孝聞名。

② 鐺（粵caang1 普chēng）：一種鐵鍋。

③ 主簿：官職名，參見「禮賢下士」條註⑥。

④ 貯錄：貯藏。

⑤ 遺：贈送。

⑥ 孫恩（?～402）：字靈秀，晉末琅邪（今山東臨沂）人。信奉五斗米道，為農民起義軍領袖。

⑦ 袁府君：即袁山松，晉陳郡陽夏（今河南太康縣）人。少有才名，博學，有文章。曾任吳郡太守，被孫恩所殺。

⑧ 未展：未及。

⑨ 滬瀆（粵wu6duk6 普hùdú）：水名。在上海市上海縣東北，或簡稱「滬」，即吳淞江下游一段。

【白話輕鬆讀】

吳郡陳遺在家中非常孝順。他母親喜歡吃鍋巴，陳遺在郡裏擔任主簿的時候，總是準備一個口袋，每逢煮飯，就把鍋巴儲存起來，等到回家後就送給母親。後來遇上孫恩帶兵進攻吳郡，袁府君當日便要出兵征討。這時陳遺已經收集了好幾斗鍋巴，來不及回家，便帶着隨軍出征。雙方在滬瀆開戰，結果官軍被打敗了，士兵潰散，逃進山林沼澤，大多數人都餓死了，單單陳遺靠鍋巴活了下來。當時人們認為這是對他純厚孝心的回報。

經典延伸讀

會稽人顧翱少失父①，事母至孝。母好食雕胡飯②，常率子女，躬自採擷③。還家，導水鑿川，自種供養，每有贏儲④。家亦近太湖，湖中後自生雕胡，無復餘草，蟲鳥不敢至焉，遂得以為養。郡縣表其閭舍⑤。

（晉・葛洪《西京雜記》卷五）

【說文解字】

① 會稽：郡名，參見「士人之常」條「經典延伸讀」註①。

顧翺（粵ngou^4 普áo）：漢朝人。

② 雕胡飯：即菰（粵gu^1 普gū）米飯。菰是一種多年生草本植物，長於池沼。嫩莖名茭白，可作蔬菜，果實叫菰米或雕胡米，亦可食用。

③ 躬自：親自。採擷（粵kit^3 普xié）：採摘。

④ 贏儲（粵jing^{4}cyu^5 普yíngchǔ）：剩餘儲備。

⑤ 表：旌表，為表彰善行而樹立標誌。閭（粵leoi^4 普lǘ）舍：家門，府舍。

【白話輕鬆讀】

會稽人顧翺從小失去父親，對母親特別孝順。母親喜歡吃雕胡飯，他便常常率領兒女，親自採摘。返回家後，他又引水開渠，自己種植雕胡，以供養母親，每每有剩餘。他家離太湖很近，湖中後來自然長出雕胡，再沒有其他的草，而蟲鳥也不敢到這裏來，於是他便有採不盡的雕胡來奉養母親了。郡縣的長官聞知他的孝行，特意在他的家門口設立標誌，以示嘉獎。

多思考一點

「哀哀父母，生我劬勞」，為人子者對父母當有孝敬之心。而對父母孝敬與否，也是衡量人品德高下的一種重要尺度。陳遺和顧翺，都是我國古代社會奉行孝道的典範。他們的孝行得到了人們的肯定。這說明在中國傳統文化的理念中，孝道是立身之本。

二吳之哭

吳道助、附子兄弟居在丹陽郡①，後遭母童夫人艱②，朝夕哭臨及思至、賓客弔省③，號踊哀絕④，路人為之落淚。韓康伯時為丹陽尹⑤，母殷在郡，每聞二吳之哭，輒為淒惻，語康伯曰：「汝若為選官⑥，當好料理此人。」康伯亦甚相知。韓後果為吏部尚書⑦，大吳不免哀制⑧，小吳遂大貴達⑨。

（《德行》）

【說文解字】

① 吳道助：吳坦之，字處靖，小名道助。晉濮陽鄄城（今山東鄄城縣北之舊城）人。曾經擔任西中郎將袁真功曹。附子：吳隱之，字處默，小名附子。歷任廣州刺史、尚書和領軍將軍等職。丹陽：郡名，治所在建業，故城在今江蘇江寧縣東。

② 艱：喪事。

③ 哭臨：哭弔死者的哀悼儀式。弔省（粵 sing^2 普 xǐng）：哀悼死者，看望死者親人。

④ 號踊：號哭跳躍，指哀痛到極點。

⑤ 韓康伯：即韓伯，參見「潔行廉約」條註④。

⑥ 選官：主持選舉的官。

⑦ 吏部尚書：吏部的行政長官，主持官吏的任免工作。

⑧不免哀制：指經不起喪親的打擊悲痛而死。

⑨貴達：顯貴，發達。

【白話輕鬆讀】

吳道助和吳附子兄弟住在丹陽郡官署後，遭逢母親童夫人不幸去世，在早晚哭弔的儀式上以及思念深切、或者賓客前來弔唁、探望時，無不頓足號哭，哀慟欲絕，路上的行人為之落淚。當時韓康伯擔任丹陽尹，他母親殷氏住在郡府中，每次聽到吳家兄弟的哭聲，總是深為哀傷。她對康伯說：「你將來如果做了選官，應該妥善照顧他們兩人。」韓康伯也很賞識他們。後來韓康伯果然做了吏部尚書。這時大吳已經因為哀念母親悲痛而死了，小吳於是晉升高官，非常富貴、顯達。

經典延伸讀

隱之既有至性①，加以廉潔，奉祿頒九族②，冬月無被。桓玄欲革嶺南之敝③，以為廣州刺史。去州二十里，有貪泉，世傳飲之者其心無厭。隱之乃至水上，酌而飲之，因賦詩曰：「石門有貪泉④，一歃重千金⑤。試使夷、齊飲⑥，終當不易心⑦。」

（劉孝標注引《晉安帝紀》）

【說文解字】

①至性：至誠之性，特指孝順父母。

②頒：發放。

③桓玄（369～404）：字敬道，小字靈寶。晉安帝時為江州刺史，都督荊州等八郡軍事。

④石門：地名，在廣州附近。

⑤歃（粵saap3 普shà）：飲，用嘴微吸。

⑥夷、齊：伯夷、叔齊。商朝孤竹君之二子。周滅商，恥食周粟，餓死於首陽山。

⑦易：改變。

【白話輕鬆讀】

吳隱之既有至誠之性，又廉潔奉公，所得俸祿皆頒賜給親戚族人，甚至寒冬臘月連棉被也沒有。桓玄試圖革除嶺南地區的弊政，便任命他為廣州刺史。離廣州二十里，有一處泉水，名叫貪泉，世人相傳飲此泉者其心永無滿足。吳隱之便來到泉水之上，舉杯飲之，因而賦詩道：「石門之畔流湧着清澈的貪泉，舉杯一飲重於千金。遙想伯夷、叔齊兩位高士，縱使他們來飲此水，也不會改變其純潔的心。」

多思考一點

吳氏兄弟以孝感人。孝敬父母是每個人都應該具備的道德修養。殷氏獨具慧眼，由此發現了國家的棟樑之才。道助雖然英年早逝，而附子則以個人的言行證明了殷氏的先見之明。吳隱之面對貪泉，瀟瀟灑灑，酌酒賦詩。在他看來，個人的人格修養高於一切，如果心靈高潔，氣若霜菊，就像古代的高士伯夷和叔齊那樣，即使飽飲貪泉，平生的心志也不會改變。所謂定力定識，於人生最為重要。

書生犯夜

王安期作東海郡①，吏錄一犯夜人來②。王問：「何處來？」云：「從師家受書還，不覺日晚。」王曰：「鞭撻甯越以立威名③，恐非致理之本④！」使吏送令歸家。

（《政事》）

【說文解字】

① 王安期：王承（275～320），字安期，晉太原晉陽（今山西太原）人。歷任東海太守、從事中郎等職。其為人清虛寡慾，推誠待物，弘恕為懷，在晉代深有影響。東海郡：郡名。漢置，晉因之，治所在郯（粵 taam4 普 tán，今山東郯城縣）。

② 錄：拘捕。

③ 鞭撻（粵 taat3 普 tà）：鞭打。甯越：戰國時中牟（今河南鶴壁）人。參見本條「經典延伸讀」。這裏代指讀書人。

④ 致理：致治，招致太平，獲得政績。

【白話輕鬆讀】

王安期在擔任東海郡太守時，差役們拘捕了一個犯宵禁的人來。王安期問道：「你是從哪裏來的？」那個人說：「從老師家學完功課回家，不知不覺時間就晚了。」王安期說：「懲罰一個讀書人來樹立威名，恐怕不是獲得政績的根本所在！」於是便派差役送他回家。

經典延伸讀

甯越者，中牟鄙人也①。苦耕稼之勞，謂其友曰：「何為可以免此苦也？」其友曰：「莫如學也。學，三十歲則可以達矣！」甯越曰：「請以十五歲。人將休，吾不敢休；人將臥，吾不敢臥。」學十五歲，而為周威公之師也②。

（劉孝標注引《呂氏春秋》）

【說文解字】

① 鄙：邊鄙，邊遠地區。

② 周威公：西周的一位國君。

【白話輕鬆讀】

甯越是中牟邊遠地區的人。他苦於耕稼的辛勞，對他的朋友說：「怎麼做可以免除這種勞苦呢？」他的朋友說：「沒有比讀書學習更好的辦法。如果學習，三十年就可以顯達了！」甯越說：「請允許我在十五年內顯達。別人將要停止學習，我不敢停止學習；別人將要睡覺，我不敢睡覺。」甯越苦讀了十五年，終於成為了周威公的老師。

多思考一點

王安期能夠尊敬讀書人，這是非常可貴的。戰國時代的甯越作為成功的讀書人的典範，在晉代仍然受到尊崇，足見其影響之大。勤學苦讀，可以使自己擺脫稼穡之苦，甚至可以獲得帝王之師的高位。但是讀書人沒有理由鄙視體力勞動，因為人的社會分工是有很大不同的。

竹頭木屑

陶公性檢厲①，勤於事。作荊州時，敕船官悉錄鋸木屑②，不限多少。咸不解此意。後正會③，值積雪始晴，聽事前除雪後猶濕④，於是悉用木屑覆之，都無所妨。官用竹，皆令錄厚頭⑤，積之如山。後桓宣武伐蜀⑥，裝船，悉以作釘。又云：嘗發所在竹篙⑦，有一官長連根取之，仍當足⑧。乃超兩階用之⑨。

《政事》

【說文解字】

① 陶公：陶侃（259～334），字士行，晉廬江尋陽（今江西九江）人。歷任荊州刺史、武昌太守等職，封長沙郡公。為東晉名臣之一。　檢厲：方正，嚴正。

② 敕（粵 cik^1 普 chì）：告誡，命令。　悉錄：悉，全部；錄，收藏。

③ 正會：皇帝（或者封疆大吏）正月初一朝會群臣（或者僚屬）。

④ 聽事：官署中聽取報告、處理政務的廳堂。　除：台階。

⑤ 厚頭：靠近根部的竹頭。

⑥ 桓宣武：即桓溫。西晉惠帝時（304），李雄據蜀（今四川）建立割據政權，國號成，後改為漢，史稱成漢或後蜀。公元343年，傳

位至李勢。公元346年桓溫舉兵伐蜀，第二年三月攻佔成都，李勢投降，成漢滅亡。

⑦發：徵調。 所在：所處的地區，指當地。 竹篙：竹製的撐船用具。

⑧當足：當作竹篙的鐵足。通常撐船用的竹篙，頭部包上鐵製的部件。

⑨兩階：兩個等級。

【白話輕鬆讀】

陶侃性格嚴正，勤於政事。他在擔任荊州刺史時，曾經命令負責建造船隻的官員把木屑全部收藏起來，不論多少。大家都不明白他的用意。後來正月初一正會，時值連日下雪剛剛轉晴，大堂前的台階在雪後還是濕漉漉的，於是全部用鋸木屑鋪上，人們的出入就一點也不受妨礙了。還有官府用的竹子，陶侃也命人把竹頭全部收集起來，堆積如山。後來桓溫伐蜀，要組裝戰船，這些竹頭就都被用來製作釘子。又聽説陶侃曾經徵調當地的竹篙，有一位官員把竹子連根取下，用竹根部當作鐵足，陶侃便破格提拔，給他連升兩級。

經典延伸讀

侃在州無事①，輒朝運百甓於齋外②，暮運於齋內。人問其故，答曰：「吾方致力中原③，過爾優逸④，恐不堪事。」其勵志勤力，皆此類也。

（《晉書》卷六六《陶侃傳》）

【說文解字】

① 州：指廣州。陶侃曾經擔任廣州刺史。

② 甓（粵 pik1 普 pì）：磚。 齋：書房。

③ 致力中原：指為收復中原而努力，當時中原地區淪陷於五胡（北方的五個少數民族）之手。

④ 優逸：安逸。

【白話輕鬆讀】

陶侃在廣州時沒有太多公事，他總是早晨將一百塊磚搬運到書房外，晚上又搬回書房內。別人問他這是何緣故，他回答說：「我目前正要為收復中原而努力奮鬥，如果過分安逸，恐怕難以擔當大事。」他堅持操守，勤奮工作，這樣的事例有很多。

多思考一點

陶侃將軍雖然位極人臣，功名富貴集於一身，他仍然刻苦自勵，勤奮工作，因為他時刻想着淪陷的中原，其精神品格非常令人敬佩。一個有志向的人，必須首先從小事做起，同時又能對自己嚴格要求，只有這樣，才能實現自己的理想和抱負。古人說：「千里之行，始於足下。」一點一滴的積累，對我們取得成功是非常重要的。

成人之美

鄭玄欲注《春秋傳》①，尚未成，時行與服子慎遇②，宿客舍。先未相識，服在外車上與人說己注《傳》意，玄聽之良久，多與己同。玄就車與語曰：「吾久欲注，尚未了③。聽君向言④，多與吾同，今當盡以所注與君。」遂為《服氏注》⑤。

（《文學》）

【說文解字】

① 鄭玄（127～200）：字康成。東漢高密（今山東高密縣西南）人。著名學者，今文經學家。《春秋傳》：傳述《春秋》的著作。《春秋》是我國最早的一部編年體史書，上古傳《春秋》的有三家：《左傳》《公羊傳》和《穀梁傳》。這裏是指《左傳》。

② 服子慎：服虔，字子慎，東漢河南滎陽（今河南滎澤縣）人。曾任九江太守。著名學者，今文經學家。

③ 了：結束，完成。

④ 向言：剛才所說的話。

⑤《服氏注》：指服虔所著《春秋左氏傳解誼》一書。

【白話輕鬆讀】

鄭玄想要為《春秋傳》作註，還沒有完成。這時他有事外出，偶然與服子慎相遇，住在同一個旅店裏。事先他們兩人並不相識。服子慎在旅店外的車上和別人談論自己註釋《春秋傳》的一些想法，鄭玄聽了很久，發現他的見解很多與自己有相同之處。鄭玄走近車子對服子慎說：「我早就想給《春秋傳》作註，還沒有完成。聽您剛才的談話，多數看法和我相同，現在應該把我已經完成的註釋全部送給您。」《服氏注》就這樣問世了。

經典延伸讀

鄭玄家奴婢皆讀書①。嘗使一婢，不稱旨②，將撻之③，方自陳說，玄怒，使人曳箸泥中④。須臾，復有一婢來，問曰：「胡為乎泥中⑤？」答曰：「薄言往愬，逢彼之怒⑥。」

（《文學》）

【說文解字】

① 奴婢（粵pei5 普bì）：奴僕和婢女（丫鬟）。

② 稱（粵cing3 普chèn）旨：稱心，如意。

③ 撻：打。

④ 曳（粵jai6 普yè）：拉。

⑤「胡為」句：出自《詩經・邶風・式微》，意思是說怎麼會在泥水中。

⑥「薄言」句：出自《詩經・邶風・柏舟》。薄言，助詞，無實義；愬，通「訴」，申訴。這句詩的意思是說，我去訴說，反而惹得他發怒。

【白話輕鬆讀】

鄭玄家的奴婢都讀書。他曾經使喚一個婢女，該女做事不合他的心意，鄭玄要打她。她仍然分辯，為自己開脱責任，鄭玄非常生氣，就叫人把她拖到泥裏。不久，又有一個婢女走來，問她說：「怎麼會在泥水中？」她答道：「我去訴說，反而惹得他發怒。」

多思考一點

學術是天下的公器，而非個人換取名利的工具。鄭玄作為一代學術名家，虛懷若谷，將個人的學術成果轉讓給青年學者服虔，促使他完成了《春秋左氏傳解誼》一書。這種對學術事業高度負責、犧牲自我的精神品格，千載之下，仍然熠熠閃光。鄭玄家的奴婢都讀書，這說明崇尚學術也是這位大學者的家風。兩個丫鬟引用《詩經》彼此作答，也足以使人開顏解頤。

遊俠自新

戴淵少時①，遊俠不治行檢②，嘗在江淮間攻掠商旅③。陸機赴假還洛④，輜重甚盛⑤，淵使少年掠劫。淵在岸上，據胡牀指麾左右⑥，皆得其宜。淵既神姿峰穎⑦，雖處鄙事⑧，神氣猶異。機於船屋上遙謂之曰：「卿才如此，亦復作劫邪？」淵便泣涕，投劍歸機，辭厲非常⑨。機彌重之，定交，作筆薦焉⑩。過江，仕至征西將軍。

（《自新》）

【說文解字】

① 戴淵（260～332）：字若思，晉廣陵（今江蘇淮陰東南）人。仕至征西將軍。

② 遊俠：不循規蹈矩，好呼朋引伴、爭強鬥氣、招惹是非的人。行檢：操行，品行。

③ 江淮：長江與淮河，泛指處於江淮流域的江蘇、安徽地界。　商旅：行商和旅客。

④ 陸機（261～303）：字子衡，晉吳郡吳（今江蘇蘇州）人。著名文學家。曾任平原內史等職，人稱「陸平原」。

⑤ 輜（粵 zi1 普 zī）重：行李，行裝。

⑥ 胡牀：東漢後期由西域傳入我國的一種坐具。可以摺疊，可坐可臥，攜帶方便。　指麾：同「指揮」。

⑦ 峰穎：挺拔煥發的風采。

⑧ 鄙事：卑賤的為常人所鄙視的事。

⑨ 辭厲：辭對，談吐。

⑩ 作筆薦焉：寫信推薦。筆，無韻之文。陸機寫的這篇文章題為《與趙王倫箋薦戴淵》，文詞非常優美，見《陸機集》卷一一。

【白話輕鬆讀】

戴淵年輕時，遊俠於外，不顧品行，曾在長江、淮河之間襲擊、洗劫商人和旅客。陸機度假後返回洛陽，隨身攜帶的行李很多，戴淵指使一夥年輕人進行搶劫。他在江岸上，坐在胡牀之中指揮手下的人，井井有條，滴水不漏。戴淵風姿挺拔，神采煥發。雖然幹着卑賤的勾當，神態、氣質仍然與眾不同。陸機在船屋上遠遠對他說：「你有這樣傑出的才能，也幹打劫之事嗎？」戴淵當時就哭了，於是棄劍於地，歸投陸機。他談吐優雅，非同一般，陸機更加看重他，與之結為好友，並寫信推薦他。過江以後，戴淵做官至征西將軍。

經典延伸讀

賈淑字子厚，林宗鄉人也①。雖世有冠冕②，而性險害③，邑里患之④。……改過自厲，終成善士。鄉里有憂患者，淑輒傾身營救⑤，為州閭所稱⑥。

（《後漢書》卷六八《郭林宗傳》附《賈淑傳》）

【說文解字】

① 林宗：郭泰（127～169），字林宗，東漢太原介休（今山西介休縣東南）人。著名清議家、學者。博通經典，居家教授，弟子至千人。在當時具有極高的聲望。

② 冠冕：這裏代指做官的人。

③ 險害：陰險，惡毒。

④ 邑里：鄉里。

⑤ 輒：總是。

⑥ 州閭：州郡，鄉閭。

【白話輕鬆讀】

賈淑字子厚，是郭林宗的同鄉。雖然家裏每代都有做官的人，可他性情陰險毒辣，所以鄉里人都把他當成災患。……後來他改過自厲，終於成為一個好人。鄉里人有憂患之事，賈淑總是傾身營救，受到州郡和鄉閭的稱道。

多思考一點

戴淵和賈淑都是犯過錯誤的青年人，後來改過自厲，成為善士，成為對國家和社會有用的人才。人皆有向善之心，所以對待犯過錯誤甚至嚴重錯誤的人也應該採取積極引導的態度，要寬容，做到既往不咎。在這裏，最重要的是要善於發現「惡人」的良性因素。而那些一時誤入歧途的人，只要認清自己的錯誤，就應改過自新，從而獲得與其他人平等的人格尊嚴。

剪髮待賓

陶公少有大志①，家酷貧，與母湛氏同居②。同郡范逵素知名③，舉孝廉④，投侃宿。于時冰雪積日，侃室如懸磬⑤，而逵馬僕甚多。侃母湛氏語侃曰：「汝但出外留客，吾自為計⑥。」湛頭髮委地，下為二髲⑦，賣得數斛米⑧。斫諸屋柱⑨，悉割半為薪，剉諸薦⑩，以為馬草。日夕，遂設精食⑪，從者皆無所乏。逵既歎其才辯，又深愧其厚意。明旦去，侃追送不已，且百里許。逵曰：「路已遠，君宜還。」侃猶不返。逵曰：「卿可去矣。至洛陽，當相為美談。」侃迺返。逵及洛，遂稱之於羊晫、顧榮諸人⑫，大獲美譽。

（《賢媛》）

【說文解字】

① 陶公：即陶侃，他自幼喪父，勤苦自勵，參見「竹頭木屑」條註①。

② 湛氏：陶侃之母，晉豫章新淦（粵gam3 普gàn）人。

③ 范逵：晉鄱陽（今江西鄱陽縣）人，舉孝廉。

④ 孝廉：孝悌而廉潔，為古時朝廷考察選拔人才的科目。

⑤ 懸磬（粵hing3 普qìng）：懸掛的磬。磬，樂

器名，以玉、石或金屬製成，中間的部分是空缺的。形容室內空無所有，如懸掛的石磬一樣。

⑥為計：想辦法。

⑦髲（粵bei^{6} 普bì）：假髮。

⑧斛（粵huk^{6} 普hú）：容量單位，十斗為一斛。

⑨斫（粵zoek^{3} 普zhuó）：砍，削。

⑩剉（粵co^{3} 普cuò）：鍘碎。　薦：草墊子。

⑪設：擺設，置辦。

⑫羊晫（粵coek^{3} 普zhuó）：東晉豫章（今江西南昌）人。曾任豫章國郎中令、十郡中正。　顧榮：參見「顧榮施炙」條註①。

【白話輕鬆讀】

陶侃年輕時志向遠大，家境非常貧寒，和母親湛氏相依為命。同郡人范逵素來很有名望，被舉薦為孝廉。一次，范逵到陶侃家投宿。當時，遍地冰雪多日不消，陶侃家裏空無一物，如同懸掛的磬一樣，可是范逵車馬僕從卻很多。陶侃的母親湛氏對陶侃說：「你只管到外面挽留客人，我獨自想辦法。」湛氏長髮及地，她剪下來做成兩條假髮，賣得數斛米。又把屋子裏的每根柱子都砍下一半做燒火柴，把草墊子都剁碎做餵馬的草料。到了晚上，陶家便擺上了精美的飲食，隨從的人也都不缺吃的。范逵既讚賞陶侃的智慧和口才，又對他待客的盛情深感慚愧。次日早晨范逵離開時，陶侃追送不已，將近一百餘里。范逵說：「道路已經很遠，您應該回家了。」陶侃還是不肯返回。范逵說：「您可以離開了。我到了洛陽，一定給您美言。」這樣陶侃才回去。范逵到了洛陽，就在羊晫、顧榮等人面前稱譽他，使他大獲美譽。

經典延伸讀

陶公少時作魚梁吏①，嘗以坩鮓餉母②。母封鮓付使，反書責侃曰：「汝為吏，以官物見餉，非唯不益，乃增吾憂也。」

（《賢媛》）

【説文解字】

① 魚梁：一種捕魚設施。陶侃在任尋陽縣吏時，曾監管魚梁。

② 坩鮓（粵 ham[1] zaa[2] 普 gānzhǎ）：坩，盛物的陶器；鮓，經過加工的魚類製品，如醃魚、糟魚等。　餉：贈送食品。

【白話輕鬆讀】

陶侃年輕時作監管魚梁的小官，曾經送一罐醃魚給母親吃。母親把醃魚封好交給來人，並且回信批評陶侃說：「你當官吏，卻拿公家的東西給我吃，這不僅沒有益處，反而增加了我的憂慮。」

多思考一點

在歷史上，許多偉人的成長都與母親的慈愛和教誨分不開。剪髮待賓和封鮓教子這兩個著名的故事足以說明這一點。陶母崇尚德義，頭腦睿智，她以自己勤勞、智慧的偉大人格滋養了陶侃這樣一位傑出的人物，在她的身上閃爍着中華傳統美德耀眼的光輝，令人敬重，令人讚佩。

妙語

鄧艾口吃

鄧艾口吃①，語稱「艾……艾……」②。晉文王戲之曰：「卿云『艾……艾……』，定是幾『艾』③？」對曰：「『鳳兮鳳兮』④，故是一鳳。」

《言語》

【說文解字】

① 鄧艾（197～264）：字士載，三國時魏國棘陽（在今河南新野縣東北）人。為人多智謀，善用兵。司馬懿召為屬官，伐蜀有功，封關內侯，後任鎮西將軍，又封鄧侯。

② 艾艾：古代和別人說話時，多自稱名。鄧艾因為口吃，自稱時就不免連說「艾艾」。

③ 晉文王：即司馬昭。昭封晉王，死後謚文王。

④ 鳳兮鳳兮：語出《論語・微子》。楚國的接輿走過孔子身旁時唱道：「鳳兮鳳兮，何德之衰……」這是以鳳比喻孔子。鄧艾引用他的話，意在說明，雖然連說「鳳兮鳳兮」，也只是指一隻鳳，即孔子，而自己雖然常常連說「艾艾」，也只不過是一個「艾」罷了。因為鄧艾只有一個，如同孔子也只有一個一樣。接輿，參見本條「經典延伸讀」註①。

【白話輕鬆讀】

鄧艾口吃，時常自稱說「艾……艾……」。晉文王和他開玩笑說：「你總說『艾……艾……』，究竟是幾個『艾』？」鄧艾回答說：「『鳳兮鳳兮』，本來只是一隻鳳。」

經典延伸讀

陸通者①，楚狂接輿也。好養性②，遊諸名山，嘗遇孔子而歌曰：「鳳兮鳳兮，何德之衰③！往者不可諫④，來者猶可追⑤。」

（劉孝標注引《列仙傳》）

【說文解字】

① 陸通：字接輿（粵 jyu4 普 yú），傳說為春秋時楚國隱士，佯狂避世。因其迎孔子的車而歌，故稱接輿。「輿」的本意是指車。

② 養性：養生。

③ 衰：衰敗，衰頹。

④ 諫（粵 gaan3 普 jiàn）：更改。

⑤ 追：追趕，趕上。

【白話輕鬆讀】

陸通就是楚國的狂人接輿。他喜歡養生，漫遊各大名山。他曾經遇見孔子，唱道：「鳳啊鳳啊，為甚麼道德如此之衰敗！過去的已經不能更改，將來的還可攀追。」

多思考一點

鄧艾將軍患有口吃，但這種生理上的缺陷並沒有妨礙他富於智慧的個性表達。晉文王的問話本是調侃之意，而鄧艾的答辭卻富有哲理的情味。老子說：「一生二，二生三，三生萬物。」「一」為物之始。「鳳兮鳳兮，故是一鳳」，鄧艾借用楚國狂人接輿的名言，巧妙地表達了這一哲學命題，同時也張揚了魏晉時代注重自我的個性精神。

太早太老

摯瞻曾作四郡太守、大將軍戶曹參軍①，復出作內史②。年始二十九。嘗別王敦③，敦謂瞻曰：「卿年未三十，已為萬石④，亦太蚤⑤。」瞻曰：「方於將軍少為太蚤⑥，比之甘羅已為太老⑦。」

《言語》

【說文解字】

① 摯瞻：字景遊。晉長安（今陝西長安縣西北）人。西晉末，在王敦的大將軍幕府中任戶曹參軍，歷任安豐、新蔡、西陽等郡太守，後為隨國內史。 戶曹參軍：官名。掌管民戶、祭祀、農桑之事，或稱為戶曹掾（粵 $jyun^{6}$ 普 yuàn）。

② 內史：官名。掌民政。晉時在王國中以內史掌太守之任。

③ 王敦（266～324）：字處仲。晉琅邪臨沂（今山東臨沂縣）人。王導從兄。晉武帝女婿。歷任侍中、大將軍、江州牧等職。

④ 萬石（粵 $daam^{3}$ 普 dàn）：萬石之俸祿，指高官。太守是兩千石。摯瞻曾作四郡太守，現又作內史，共五郡，所以說萬石。

⑤ 蚤：通「早」。

⑥ 方：相比。

⑦ 甘羅：戰國時秦人，參見本條「經典延伸讀」註①。

【白話輕鬆讀】

摯瞻曾經做過四個郡的太守和大將軍户曹參軍，後來又調出去做內史，年齡才二十九歲。他曾去向王敦告別，王敦對他說：「你還沒到三十歲，已經做了五任兩千石的官，也太早了吧。」摯瞻說：「同將軍您相比，稍為早了一些；同甘羅相比，已經是太晚了。」

經典延伸讀

甘羅①，秦相茂之孫也。年十二，而秦相呂不韋欲使張唐相燕②，唐不肯行，甘羅說而行之。又請車五乘以使趙③，還報秦④。秦封甘羅為上卿⑤，賜以甘茂田宅。

（劉孝標注引《史記》）

【說文解字】

① 甘羅：十二歲事奉秦相呂不韋。秦始皇欲擴大河間郡，受命出使趙國，遊說趙王割讓五座城池給秦國，以功封上卿。

② 呂不韋（?～前 235）：戰國末年衛國濮陽

（今河南濮陽西南）人。門下有賓客三千，家童萬人。曾經命令賓客編撰《呂氏春秋》一書，彙集先秦各派學說。

相燕（粵jin1 普yān）：到燕國出任宰相。

③乘：輛。

④報秦：向秦王彙報遊說趙王成功之事。

⑤上卿：古官名。周制天子及諸侯皆有卿，分上中下三等，最尊敬者稱「上卿」。

【白話輕鬆讀】

甘羅是原秦國丞相甘茂的孫子。他十二歲時，當時的秦國丞相呂不韋想要派張唐出任燕國的丞相，張唐不肯去，甘羅勸說他使他終於成行。甘羅還向秦王請來五輛車出使趙國，在遊說趙王成功之後，回國向秦王彙報。秦國封甘羅為上卿，又以田宅賞賜甘茂。

多思考一點

一個人能否做大事，並不在於年齡的大小，而主要取決於能力的高低。摯瞻在不滿三十歲時即出任萬石高官和十二歲的甘羅為國家建功立業的事實，足以說明這一點。所以，對於年輕人來說，要有自信心，要注意培養自己的能力，要有敢作敢為的勇氣。而從年長者的角度來講，也應為年輕人提供嶄露頭角和發揮創造力的機會。

可貴之物

張天錫為涼州刺史①，稱制西隅②。既為苻堅所禽③，用為侍中④。後於壽陽俱敗⑤，至都⑥，為孝武所器⑦，每入言論，無不竟日。頗有嫉己者，於坐問張：「北方何物可貴？」張曰：「桑椹甘香⑧，鴟鴞革響⑨。淳酪養性⑩，人無嫉心。」

（《言語》）

【説文解字】

① 張天錫：字純嘏（粵 gaa2 普 jiǎ），小名獨活。晉安定烏氏（今甘肅平涼縣西北）人。東晉興寧元年（363）殺張玄靚（粵 leng3 普 liàng），自稱涼州牧、西平公，實行地方割據，繼承前涼政權。公元 376 年，苻（粵 fu4 普 fú）堅攻涼州，張天錫投降，前涼亡。後來在淝水之戰中苻堅軍敗，張天錫於陣中逃出，歸順晉朝，歷任散騎常侍、侍中等職。 涼州：州名。西漢設置，轄境在今甘肅、寧夏和青海一帶。

② 稱制：行使皇帝權力。 西隅：西部地區。

③ 苻堅（338～385）：字永固，一字文玉。略陽臨渭（今甘肅天水）人。東晉升平元年（357）稱大秦天王，繼承前秦政權。公元 383 年苻堅舉兵進攻東晉。東晉派謝石、謝玄率軍與苻堅戰於淝水，大敗之，史稱「淝

水之戰」。　禽：同「擒」。

④侍中：官名。常在皇帝左右，預聞朝政，為親信貴重之職。

⑤壽陽：即壽春，晉縣名。「淝水之戰」的發生地。

⑥都：京城，指建康（今江蘇南京）。

⑦孝武：東晉孝武帝司馬曜，公元 373 ~ 396 年在位，廟號烈宗。

⑧桑椹（粵 sam^6 普 shèn）：即桑葚，桑樹的果實。

⑨鴟鴞（粵 ci^{1}hiu^1 普 chīxiāo）：鳥名，貓頭鷹一類的動物。　革：鳥的翅膀。

⑩淳酪（粵 lok^3 普 lào）：醇厚的乳酪。

【白話輕鬆讀】

張天錫任涼州刺史時，稱王於西部地區。在被苻堅俘虜以後，他被任命為侍中。後來在壽陽縣與苻堅率領的前秦軍隊一同被打敗，來到京都後受到孝武帝的器重。他每次入朝與皇帝談論，常常是一整天。當時妒忌他的人有很多，其中一個人在座中問他：「北方甚麼東西可貴？」張天錫回答說：「桑葚甘甜芳香，鴟鴞振翅作響；醇厚的乳酪滋養人的身體，而人們沒有妒忌之心。」

經典延伸讀

弼字輔嗣①，山陽高平人②。少而察惠③，十餘歲，便好《莊》《老》④，通辯能言⑤……弼事功雅非所長⑥，益不留意⑦，頗以所長笑人，故為時士所嫉。

（劉孝標注引《弼別傳》）

【說文解字】

① 弼：王弼（226～249）。三國時魏國著名玄學家。著有《易注》《老子注》等書。為魏晉玄學的開創者之一。

② 山陽高平：曹魏時屬河內郡。在今河南焦作市北。

③ 察惠：明察事理。

④《莊》《老》：《莊子》和《老子》。

⑤ 通辯：善於辯論。

⑥ 事功：事物，活動。

⑦ 益：更加。

【白話輕鬆讀】

王弼字輔嗣，山陽高平人。自幼便明察事理，十餘歲，就喜歡《莊子》和《老子》，善於辯論，滔滔不絕……但在具體事物和社會活動方面，王弼特別不擅長，而他自己也更加不留意，同時他還常常以自己之所長來嘲笑他人之所短，所以被當時許多士人所嫉恨。

多思考一點

嫉妒他人是人性的弱點之一。被嫉妒者通常在某一方面有長處，或者得到了別人沒有得到的好處。張天錫遭妒，主要是因為受皇帝器重，他有感於此，便將「人無嫉心」列入「可貴之物」當中，其用意在於嘲諷那些嫉妒他的人。另一方面，在被嫉妒者當中有一種人，他們往往喜歡矜誇。這種個性也常常會招致嫉妒，著名學者、天才少年王弼就是這方面的典型。我們既不應該嫉妒他人，也要善於「藏善」「藏美」，不驕傲，不外露，不卑不亢。這是避免嫉妒的好辦法。

吳牛喘月

滿奮畏風①。在晉武帝坐②，北窗作琉璃屏③，實密似疏，奮有難色。帝笑之，奮答曰：「臣猶吳牛④，見月而喘。」

《言語》

【説文解字】

① 滿奮：字武秋。西晉高平（今山東微山西北）人。曾任尚書令、司隸校尉。

② 晉武帝：司馬炎。為西晉王朝開國之君，在位26年（265～290）。廟號世祖。

③ 琉璃屏：玻璃窗扇。

④ 吳牛：吳地的牛，指江南一帶的水牛。水牛怕熱，太陽一曬就喘粗氣。

【白話輕鬆讀】

滿奮害怕風。一次在晉武帝那裏坐，北面的窗子是琉璃製作的，看似稀疏，但實際很嚴密，滿奮面露難色。武帝笑他，滿奮回答說：「臣好比是吳地的牛，看見月亮，以為是太陽，就不免喘息起來了。」

經典延伸讀

吳牛望見月則喘，使之苦於日，見月怖①，喘矣。

（北宋・李昉等編《太平御覽》卷四引《風俗通》）

【說文解字】

①怖：恐懼，害怕。

【白話輕鬆讀】

吳牛望見月亮就喘息不止，因為牠深受日曬之苦，所以看見月亮也害怕，便不自覺地喘息起來。

多思考一點

在魏晉時代，人們在交往、應酬的過程中是非常重視言語、辭令的。滿奮的比喻風趣幽默，而又說理透徹，恰到好處。他以吳牛見月的本能反應來比擬自己畏風的體質特點，十分形象、生動。

聖賢所出

蔡洪赴洛①，洛中人問曰：「幕府初開②，群公辟命③，求英奇於仄陋④，采賢俊於巖穴⑤。君吳、楚之士⑥，亡國之餘⑦，有何異才而應斯舉？」蔡答曰：「夜光之珠⑧，不必出於孟津之河⑨；盈握之璧⑩，不必采於崑崙之山。大禹生於東夷⑪，文王生於西羌⑫。聖賢所出，何必常處⑬。昔武王伐紂⑭，遷頑民於洛邑⑮，得無諸君是其苗裔乎⑯？」

（《言語》）

【說文解字】

① 蔡洪：字叔開，吳郡（今江蘇蘇州）人。原在吳國做官，吳亡後入晉。西晉太康年間，由本州舉薦為秀才，到京都洛陽。曾經擔任過松滋令。

② 幕府：原指將軍的官署，這裏指官府的衙署。

③ 群公：眾公卿，朝廷的各位高級官員。辟命：朝廷的徵召、任命。

④ 仄陋：出身卑賤的人。

⑤ 巖穴：山洞，這裏指隱居山中的高士。

⑥ 吳、楚：春秋時代的吳國和楚國，都在南方。這裏泛指南方。

⑦ 亡國：滅亡了的國家，指吳國於公元 280 年

為西晉所滅。

⑧ 夜光之珠：即夜明珠，是春秋時代隋國國君的寶珠，又叫隋侯珠，或稱隋珠，傳說是一條大蛇從江中銜來的。

⑨ 孟津：渡口名，在今河南省孟縣南。

⑩ 璧：中間有孔的圓形玉器，是古代的一種珍寶。

⑪ 大禹：夏代第一個君主，傳說其治平洪水，歷時三十年，三過家門而不入。　東夷：我國東部的各少數民族。

⑫ 文王：周文王，姓姬，名昌。殷商末期周部落首領。初居岐山，為西方諸侯之長，稱西伯。　西羌：我國西部的一個少數民族。

⑬ 常處：固定的地方。

⑭ 武王：周武王姬發，文王之子。率諸侯伐紂滅殷，建立周王朝。古人視之為賢君。周武王滅了殷紂以後，把殷的頑固人物遷到洛水邊上，派周公修建洛邑安置他們。戰國以後，洛邑改為洛陽。　紂（粵zau6 普zhòu）：殷朝的最後一個國王。古人視之為暴君的典型。

⑮ 洛邑：今河南洛陽市。

⑯ 得無：莫非。表示揣測。　苗裔（粵jeoi6 普yì）：後代。

【白話輕鬆讀】

蔡洪奔赴洛陽後，洛陽的一些人問他：「官府衙署設置不久，朝廷百官奉命徵召人才，要在出身卑微的人中尋求才華出眾之士，在山林隱士中選取賢人俊傑。您生為吳、楚之人，本來是亡國的遺民，有甚麼特殊的才能，敢來接受這一選拔？」蔡洪回答說：「夜明珠不一定都出在孟津河中，滿握的璧玉，也不一定都採自崑崙山上。大禹出生在東夷，周文王出生在西羌，聖賢的出現，為甚麼非要在某個固定的地方呢！當年周武王討伐殷紂王，把殷代的頑民遷移到洛邑，莫非各位先生就是他們的後代嗎？」

經典延伸讀

王武子、孫子荊各言其土地人物之美①。王云：「其地坦而平，其水淡而清，其人廉且貞。」孫云：「其山嶵巍以嵯峨②，其水泙渫而揚波③，其人磊砢而英多④。」

（《言語》）

【說文解字】

① 王武子：王濟（240？～285？），字武子，晉太原晉陽（今山西太原市）人。歷任中書郎、太僕等職。　孫子荊：孫楚（？～294），字子荊，晉初太原中都（今山西平遙縣）人。仕至馮翊（粵pang^{4}jik^{6} 普píngyì）太守。

② 嶵（粵zeoi^{2} 普zuì）巍：同「崔巍」，山勢險峻的樣子。　嵯峨（粵co^{4}ngo^{4} 普cuó'é）：形容山勢高峻。

③ 沺渫（粵haap6sit3 普xiáxiè）：波浪重疊相連的樣子。

④ 磊砢（粵leoi5lo2 普lěiluǒ）：樹木多節的樣子，形容人才卓越而眾多。　英多：傑出眾多。

【白話輕鬆讀】

王武子和孫子荊各自談論自己家鄉土地與人物的美好。王説：「我們家鄉的土地坦而平，我們家鄉的水淡而清，我們家鄉的人廉潔而又正直。」孫説：「我們家鄉的山險峻巍峨，我們家鄉的水浩蕩揚波，我們家鄉的人才傑出而眾多。」

多思考一點

在六朝時期，世族文化高度發展，而一般世家大族的內部成員都具有比較濃郁的鄉土意識，當時的人都重視地望，即今日所謂籍貫問題。以上兩則故事就鮮明地反映了這一時代特點。質問蔡洪的洛陽人實際上對南方人是心存偏見的，蔡洪的答辭非常美妙：他先以珠、璧之產地作比，隨後又舉出生於偏遠之地的聖賢，至此，問者已經不容置喙。隨後他又反戈一擊，指斥發問之人是殷紂頑民的孑遺。其咄咄逼人的聲勢，真有戰國縱橫家的氣派。「夜光之珠，不必出於孟津之河；盈握之璧，不必采於崑崙之山。」

這兩個警句深刻地揭示了人間事理把平凡的生活現象提到理性的高度來思考。後一則故事則洋溢着富麗的詞藻、絢麗的文彩和奇幻的情思。作者選擇「山」「水」「地」「人」這些典型的事物構成排比，優美的文辭、流暢的文勢、和諧的聲韻，表達了主人公熱愛家鄉的美好感情。

資質不同

顧悅與簡文同年①，而髮蚤白。簡文曰：「卿何以先白？」對曰：「蒲柳之姿②，望秋而落；松柏之質，經霜彌茂。」

（《言語》）

【說文解字】

① 顧悅：字君叔。晉晉陵（治所在今江蘇武進縣）人。曾任尚書左丞等職。簡文：即晉簡文帝司馬昱。公元 371～372 年在位，廟號太宗。

② 蒲（粵 pou4 普 pú）柳：植物名，即水楊。姿：通「資」，資質。

【白話輕鬆讀】

顧悅和簡文帝同歲，但頭髮早已白了。簡文帝問他：「為甚麼你的頭髮比我的先白呢？」顧悅回答說：「蒲柳的資質，臨近秋天就凋零了；松柏的資質，經過秋霜反而更加茂盛。」

經典延伸讀

蒲柳之資，不可以經嚴秋①；蔓葦之草，不可以逆怒風②。當危亂之世，欲建非常之事，故非常才之所能勝③。

（宋・李燾《六朝通鑒博議》卷九「上伐東魏欲以鄱陽王範為元帥正陽侯淵明請行許之」條）

【説文解字】

① 嚴：肅殺，寒冷。

② 逆：迎接。

③ 常才：平庸之才。

【白話輕鬆讀】

蒲柳的資質，難以經受肅殺的秋天；蔓葦一類的草，不能夠迎接狂風。生值險惡、動亂的時代，要建立非常的事業，本來就不是平庸之才所能勝任的。

多思考一點

人的資質、稟賦是有差異的，由此而導致了人生的許多不同。顧悅善於以形象、生動的比喻來說明問題，詩一般的語言極富有哲理的情思。而宋代學者李燾襲用顧悅的語言，以說明處在「危亂之世」當中非常之才的重要性，也是很有新意的。

松下清風

劉尹云①：「人想王荊產佳②，此想長松下當有清風耳！」

（《言語》）

【說文解字】

① 劉尹：即劉惔，字真長。晉沛國相（今安徽宿縣一帶）人。為人清高，卓爾不群。好《老》《莊》，善言理。曾為丹陽尹，故人稱「劉尹」。

② 王荊產：即王徽（？～312？），字幼仁，小名荊產，晉琅邪臨沂（今山東臨沂）人。曾任右軍司馬等職。

【白話輕鬆讀】

劉尹說：「人們想象王荊產這個人的美好，這不過是想象在高大的松樹下一定會有清風而已。」

經典延伸讀

王長史與劉真長別後相見①，王謂劉曰：「卿更長進。」答曰：「此若天之自高耳②。」

（《言語》）

【說文解字】

① 王長史：即王濛（309？～347？），晉太原晉陽（今山西太原）人。曾任司徒左長史等職。

② 若：像。

【白話輕鬆讀】

王長史和劉真長兩人別後重逢，王對劉說：「你更長進了。」劉真長答道：「這就好像天空那樣，本來就是高遠的！」

多思考一點

以長松下的清風比喻人的自然美質，取喻極為新穎、獨到，而「此若天之自高耳」，則是這一比喻的同義翻版。劉真長本是清談家，所以善於言辭，出語不俗，富於智慧。

窮猿奔林

李弘度常歎不被遇①，殷揚州知其家貧②，問：「君能屈志百里不③？」李答曰：「《北門》之歎④，久已上聞；窮猿奔林，豈暇擇木？」遂授剡縣。

（《言語》）

【說文解字】

①李弘度：李充，字弘度，晉江夏（今河南信陽東北一帶）人。著名學者。歷任剡縣縣令等職。遇：重用。

②殷揚州：殷浩（？～356），字淵源，晉東郡長平（今河南西華縣東北）人。官至揚州刺史、中軍將軍。著名清談家、學者。

③屈志：降低心願。百里：方圓百里的地方，也就是一個縣。

④《北門》：《詩經・國風》中的一首詩。詩中描寫一個小官吏慨歎自己位卑多勞、生活貧困的苦況。參見本條「經典延伸讀」。

【白話輕鬆讀】

李弘度經常慨歎自己得不到被提拔的機會。殷揚州得知他家境貧困，就問他：「您能否屈就縣令之職？」李弘度回答說：「《北門》中的慨歎之音，您早就聽到了；我現在如同無路可走的猿猴奔竄於山林之間，哪裏還能顧得上去挑選棲居的樹木！」殷揚州於是就委任他做剡縣縣令。

經典延伸讀

出自北門，憂心殷殷①。終窶且貧②，莫知我艱③。已焉哉！天實為之，謂之何哉！

（《詩經・邶風・北門》）

【說文解字】

① 殷殷：憂心忡忡的樣子。

② 窶（粵 geoi6 普 jù）：貧寒。

③ 艱：艱辛，艱難。

【白話輕鬆讀】

從北門出行，我憂心忡忡。我既貧又窮，卻無人知我艱辛。算了吧！老天讓我如此，再說又有何用！

多思考一點

比喻是一種重要的修辭手法。善於運用比喻，能夠將人們所熟知的平凡的事物說得不平凡，說得有趣。李弘度以「窮猿奔林」比喻因貧寒而飢不擇食的困境，幽默風趣，令人同情。同時，他又化用了《詩經・北門》的詩意，顯得含蓄典雅，意味深長。

芝蘭玉樹

謝太傅問諸子姪①：「子弟亦何預人事②，而正欲使其佳③？」諸人莫有言者，車騎答曰④：「譬如芝蘭玉樹⑤，欲使其生於階庭耳。」

（《言語》）

【說文解字】

① 謝太傅：即謝安，參見「阿奴勸兄」條註③。
② 預：參與，干涉。這裏可理解為相關。
③ 正：只。
④ 車騎：指車騎將軍謝玄。
⑤ 芝蘭玉樹：芝蘭，香草名；玉樹，傳說中的仙樹。

【白話輕鬆讀】

謝太傅問眾子姪說：「孩子們與我們自己的事有何相關，卻總是想使他們出類拔萃？」大家都不說話。車騎將軍謝玄回答說：「這就好像芝蘭玉樹，人們總想使它們生長在自家的庭院當中罷了！」

經典延伸讀

庾文康亡①，何揚州臨葬云②：「埋玉樹箸土中，使人情何能已已！」

（《傷逝》）

【說文解字】

①庾文康：即庾亮，參見「割蓆分坐」條「經典延伸讀」註③。

②何揚州：即何充（292～340），字次道，晉廬江（今安徽霍山縣東北）人。歷任驃騎將軍、揚州刺史、侍中和宰相等職。臨葬：參加葬禮。

【白話輕鬆讀】

庾文康死了，何揚州前往參加葬禮，歎息道：「把玉樹埋葬在土中，怎麼能夠讓人的心緒平靜下來呢！」

多思考一點

魏晉世族非常重視對子弟的培養。「芝蘭玉樹」決定着家族的未來，所以對子孫後代的培育不可忽視。謝玄的話正反映了世家大族的家長們對子弟成長的殷切期望。庾文康的不幸去世，意味着國家失去了一個優秀的人才，何揚州為此而痛惜不已，萬分傷感。在這裏，芝蘭和玉樹都被用來比喻優秀的、出色的人才。

稚恭上扇

庾稚恭為荊州①，以毛扇上武帝②，武帝疑是故物。侍中劉劭曰③：「柏梁雲構④，工匠先居其下；管弦繁奏⑤，鍾、夔先聽其音⑥。稚恭上扇，以好不以新。」庾後聞之，曰：「此人宜在帝左右！」

（《言語》）

【說文解字】

① 庾稚（粵 zi^{6} 普 zhì）恭：庾翼（305～345），字稚恭。晉潁川鄢陵（今河南鄢陵）人。歷任安西將軍、荊州刺史等職。

② 武帝：即司馬炎，參見「吳牛喘月」條註②。

③ 劉劭（粵 siu^{6} 普 shào）：字彥祖。晉彭城（今江蘇徐州）人。書法家、學者。歷任侍中、尚書等職。

④ 柏梁雲構：柏梁台，漢武帝劉徹（前156～前87）所築，在長安城；雲構，高聳入雲的大廈。

⑤ 管弦：管，管類樂器；弦，弦類樂器。這裏指樂隊。

⑥ 鍾：鍾子期，春秋時楚國人。精於音樂鑒賞。夔（粵 kwai^{4} 普 kuí）：舜帝時的樂官。

【白話輕鬆讀】

庾稚恭擔任荊州刺史時，曾經給晉武帝進獻了一柄羽毛扇，但武帝懷疑是舊東西。侍中劉劭說：「柏梁台那樣高聳入雲的大廈，工匠們首先在裏面居住；管弦繁奏，也是樂師們最先賞聽音樂。稚恭進獻扇子，是因為它好，而不是因為它新。」庾稚恭後來聽說了這件事，說：「這個人應該在皇帝身邊。」

經典延伸讀

庾法暢造庾太尉①，握麈尾至佳②。公曰：「此至佳，那得在？」法暢曰：「廉者不求，貪者不與，故得在耳。」

（《言語》）

【說文解字】

① 庾法暢：當作「康法暢」，東晉名僧。　庾太尉：即庾亮，參見「割蓆分坐」條「經典延伸讀」註③。

② 麈（粵 zyu^2 普 zhǔ）尾：魏晉清談名士的一種

用具。用麈鹿的尾毛製成，形狀像羽扇，兼有拂塵的功能。在清談的過程中，一般做主講人的清談家要手持麈尾。

【白話輕鬆讀】

庾（康）法暢拜訪庾太尉，手裏握着的麈尾極好。庾公問道：「這柄麈尾非常好，您怎麼還能留得住呢？」法暢說：「廉潔的人不會向我要，貪心的人我也不會給，所以能留存至今。」

多思考一點

魏晉時代的清談玄學滋養了人們哲理的情思。當時的士人每每以通明豁達的眼光來觀察人生和世界，心目之所及，常常發為妙語，為後世留下一段佳話。侍中劉劭的妙語，將我們日常生活中常見的現象上升到了哲理的高度來觀察，深刻、透闢。而康法暢以寥寥八個字闡釋佳物得在的原因，言約旨遠。

善人惡人

殷中軍問①：「自然無心於稟受②，何以正善人少③，惡人多？」諸人莫有言者。劉尹答曰④：「譬如寫水著地⑤，正自縱橫流漫⑥，略無正方圓者。」一時絕歎⑦，以為名通⑧。

（《文學》）

【說文解字】

①殷中軍：即殷浩，參見「窮猿奔林」條註②。
②稟受：承受，這裏指人的自然天性。
③正：正好，恰好。
④劉尹：即劉惔，參見「松下清風」條註①。
⑤寫：通「瀉」，傾瀉。
⑥正自：只是。
⑦絕歎：非常讚賞。
⑧名通：名論，名言。

【白話輕鬆讀】

殷中軍問道：「大自然賦予人類以各自不同的天性，本來是無心的，可為甚麼偏偏好人少，壞人多？」各位名士無人回答。劉尹回答道：「這好比把水傾瀉在地上，水只是四處漫流，極少有形成方形或者圓形的。」一時之間，人們對此讚賞不已，把他說的話當成了名言。

經典延伸讀

許掾年少時①，人以比王苟子②，許大不平。時諸人士及于法師並在會稽西寺講③，王亦在焉。許意甚忿，便往西寺與王論理，共決優劣，苦相折挫，王遂大屈④。許復執王理，王執許理，更相覆疏⑤，王復屈。許謂支法師曰：「弟子向語何似⑥？」支從容曰：「君語佳則佳矣，何至相苦邪？豈是求理中之談哉⑦？」

《文學》

【說文解字】

① 許掾（粵jyun6 普yuàn）：許詢，字玄度，東晉高陽（今河北高陽縣東）人。曾任司徒掾，故人稱「許掾」。著名詩人、清談家。

② 王苟子：王脩（335？～358？），字敬仁，小名苟子，晉太原晉陽（今山西太原）人。曾任著作郎等職。

③ 于法師：這裏應當是「支法師」，「于」字誤。與下文的「支法師」，同指支遁，參見「支公縱鶴」條註①。法師是對和尚的尊稱。會稽西寺：會稽，郡名，晉時治所在山陰（今浙江紹興）；西寺，東晉會稽佛寺名，即光相寺，在會稽城西。

④ 大屈：大敗。

⑤ 覆疏：反復論辯、說明。

⑥ 向語：剛才說的話。

⑦ 理中：得理之中，中指折中至當。

【白話輕鬆讀】

許掾少年時，人們將他和王苟子相提並論，許大為不平。當時許多名士都和支道林法師一同在會稽西寺講論，王苟子也在那裏。許心裏非常生氣，便到西寺去和王苟子辯論玄理，一決雌雄。二人都極力想折服挫敗對方，結果王苟子大敗。隨後許又反過來用王的觀點，王用許的觀點，再次反復陳述，王苟子又被說敗。許便去問支法師：「弟子剛才的言論如何？」支法師從容地說：「你講的話好是好，但是何至於互相刁難呢？這哪裏是探求真理的玄談啊！」

多思考一點

對於真理的探求，不僅是魏晉清談的目的，同時也應當是一切學術活動的旨歸。殷中軍之觀點愜服人心，被視為名言，其原因在於其觀點本身的精警與深刻。而許掾和王苟子的論辯，則純然是以意氣求勝，其目的不在研討真理，而在於唇齒相爭，這實際上是詭辯。

桑榆之光

遠公在廬山中①，雖老，講論不輟②。弟子中或有墮者③，遠公曰：「桑榆之光④，理無遠照，但願朝陽之暉，與時並明耳。」執經登坐，諷誦朗暢⑤，詞色甚苦⑥。高足之徒⑦，皆肅然增敬。

《規箴》

【說文解字】

① 遠公：釋惠遠（334～417），東晉時代的高僧，廬山東林寺住持。

② 輟（粵 zyut^3 普 chuò）：停止。

③ 墮：通「惰」，懶惰。

④ 桑榆之光：照在桑樹、榆樹上的落日餘暉，比喻人生的暮年晚景。

⑤ 諷誦：吟誦。

⑥ 詞色：同「辭色」，言辭和表情。苦：熱切，急切。

⑦ 高足之徒：弟子。

【白話輕鬆讀】

遠公身在廬山中，雖然年老，仍然不停地講論佛經。弟子中有人惰於學習，遠公就說：「我如黃昏時的落日餘暉，自然不會照得久遠了，只願你們像早晨的陽光，越來越明亮！」於是他拿着佛經，登上講壇，誦經之聲高朗流暢，他的言辭和神態流溢着熱切之情。弟子們不禁更加肅然起敬了。

經典延伸讀

晉平公謂師曠曰①：「吾年七十，欲學，恐年老矣。」對曰：「何不秉燭乎②？」公以為戲己，怒之，對曰：「盲者安敢戲君！少而學之，如初出之陽；壯而好學，如日中之光；老而好學，如秉燭之明。孰與昧行③？」公然之。

（《朝鮮史略》卷一二《高麗紀》）

【說文解字】

①晉平公：春秋時代晉國的國君。　師曠：春秋時代晉國的盲人樂師。　②秉：執，持。　③昧行：在黑暗中行走。

【白話輕鬆讀】

晉平公對師曠說：「我已經七十七歲了，想要學習，恐怕年紀太大了。」師曠回答說：「為何不手執蠟燭往前走呢？」晉平公以為師曠在戲弄自己，對他非常惱火，師曠又回答說：「盲人豈敢戲弄君主！人在青年時代好學，如同剛剛出來的太陽；在壯年時代好學，如同中午的陽光；在老年時代好學，如同手執蠟燭發出的光明。與在黑暗中行走相比，哪個更好？」晉平公認為他說得對。

多思考一點

俗話說：活到老，學到老，學到八十不為巧。只要學習，就會有所收益。遠公在廬山講論佛經，至老而不倦；師曠對晉平公闡述秉燭之明的深刻道理，發人深思。可見，好學的人，永遠與時並明！

咄咄逼人

桓南郡與殷荊州語次①，因共作了語②。顧愷之曰③：「火燒平原無遺燎④。」桓曰：「白布纏棺豎旒旐⑤。」殷曰：「投魚深淵放飛鳥。」次復作危語⑥。桓曰：「矛頭淅米劍頭炊⑦。」殷曰：「百歲老翁攀枯枝。」顧曰：「井上轆轤臥嬰兒⑧。」殷有一參軍在坐⑨，云：「盲人騎瞎馬，夜半臨深池。」殷曰：「咄咄逼人⑩！」仲堪眇目故也⑪。

《排調》

【說文解字】

① 桓南郡：即桓玄，參見「二吳之哭」條「經典延伸讀」註③。殷荊州：即殷仲堪，參見「士人之常」條註①。語次：談話之間。

② 了語：一種語言遊戲，要求句末一字與「了」同韻，而且每句話要有「了」的意思（完結、終了）。

③ 顧愷之（約346～407）：字長康，小字虎頭。晉晉陵無錫（今江蘇無錫）人。著名畫家、文學家。時傳顧愷之有三絕：才絕，畫絕，癡絕。

④ 遺燎（粵 liu4 普 liáo）：燃燒後的餘燼。

⑤ 旒旐（粵 lau4siu6 普 liúzhào）：出殯時在靈柩

前引路的幡旗。

⑥ 危語：一種語言遊戲，陳述危險之事而每句末字須與「危」字同韻的話。

⑦ 淅米：淘米。

⑧ 轆轤（粵luk^{1}lou^{4} 普lùlú）：滑輪，安裝在井上汲水的起重裝置。

⑨ 參軍：官名。

⑩ 咄（粵zyut^{3} 普duō）咄：歎詞，表示吆喝、驚歎或惱怒等感情。

⑪ 眇（粵miu^{5} 普miǎo）目：偏盲，一隻眼瞎。

【白話輕鬆讀】

桓南郡和殷荊州談話，一同說「了語」。顧愷之說：「火燒平原無遺燎。」桓南郡說：「白布纏棺豎旒旐。」殷荊州說：「投魚深淵放飛鳥。」隨後又說「危語」。桓南郡說：「矛頭淅米劍頭炊。」殷荊州說：「百歲老翁攀枯枝。」顧愷之說：「井上轆轤臥嬰兒。」殷荊州有一位參軍在座，說道：「盲人騎瞎馬，夜半臨深池。」殷荊州說：「真是咄咄逼人！」因為殷仲堪瞎了一隻眼睛。

經典延伸讀

顧長康拜桓宣武墓①，作詩云：「山崩溟海竭，魚鳥將何依！」人問之曰：「卿憑重桓乃爾②，哭之狀其可見乎？」顧曰：「鼻如廣莫長風③，眼如懸河決溜④。」或曰：「聲如震雷破山，淚如傾河注海。」

（《言語》）

【說文解字】

① 顧長康：即顧愷之。

② 憑重：倚重。 乃爾：如此，這樣。

③ 廣莫長風：廣莫風，古人所謂八風之一，即北風。

④ 決溜：河堤決口。

【白話輕鬆讀】

顧長康憑弔桓宣武墓，作詩說：「山崩溟海竭，魚鳥將何依！」別人問他說：「你既然如此看重桓宣武，那麼你為之哭泣的情狀又如何呢？」顧長康說：

「我的鼻子就像廣莫長風，我的眼睛如同懸河決口。」這兩句話有的人是這樣寫的：「聲音如同震雷破山，淚水就像傾河注海。」

多思考一點

魏晉時代，清談發達，玄風昌盛，所以當時的知識分子多喜歡在一起聚談。他們不僅探究天人之際一類艱深的學術問題，也常常寄情於言語遊戲，在輕鬆幽默的氛圍中展現自己的睿智與超拔。本篇諸名士所講的「了語」和「危語」即出現在這種文化背景之中。大火的消逝，生命的泯滅，魚鳥的沉飛，都生動地表現了「了」的情境；而隨後的三句「危語」，雖然合於「危」的情境，卻幾近於荒誕，而使人難以愜心。正在此時，那位參軍先生忽然吐出「盲人騎瞎馬，夜半臨深池」八字，令人驚喜莫名，刮目相看。「人騎馬」是一「危」，「人騎瞎馬」是二「危」，「盲人騎瞎馬」是三「危」，「盲人騎瞎馬」於「夜半」是四「危」，「盲人騎瞎馬」於「夜半臨池」是五「危」，而「臨深池」則是六「危」。有此六「危」，「危」意已足，「危」的情景可謂形容盡至，所以，眇目的殷仲堪不禁驚呼「咄咄逼人」了！而大藝術家顧愷之憑弔桓宣武墓，也極盡其誇張之能事，其所言也是「了語」「危語」式的「大言」，然而辭藻優美、氣勢雄渾，也頗有令人涵詠的審美價值。

刻畫無鹽

庾元規語周伯仁①：「諸人皆以君方樂②。」周曰：「何樂？謂樂毅邪③？」庾曰：「不爾，樂令耳④。」周曰：「何乃刻畫無鹽⑤，以唐突西子也⑥？」

《輕詆》

【說文解字】

① 庾元規：即庾亮，參見「割蓆分坐」條「經典延伸讀」註③。周伯仁：即周顗（269～322），字伯仁。少有重名，神姿秀徹。

② 方：比。

③ 樂毅：靈壽（今河北靈壽西北）人。戰國時燕國名將，著名軍事家。曾任上將軍，戰功卓著，地位顯赫。

④ 樂令：即樂廣（?～304），字彥輔，晉南陽淯陽（今河南白河之北）人。曾為尚書令，故人稱「樂令」。

⑤ 無鹽：即鍾離春。傳為戰國齊國無鹽邑（今山東東平縣東）的醜女。自詣齊宣王陳析時弊，被齊宣王納為王后。後世多用為醜女之代稱。

⑥ 唐突：衝突，冒犯。西子：即西施，傳為春秋時期越國的美女。後世以她為美女之代稱。

【白話輕鬆讀】

庾元規對周伯仁說：「大家都拿你和姓樂的相比。」周伯仁說：「哪個姓樂的？是說樂毅嗎？」庾元規說：「不是樂毅，不過是樂令而已。」周伯仁說：「怎麼能描繪無鹽，以冒犯西施呢？」

經典延伸讀

桓南郡每見人不快①，輒嗔云②：「君得哀家梨③，當復不烝食不④？」

（《輕詆》）

【說文解字】

① 桓南郡：即桓玄，參見「二吳之哭」條「經典延伸讀」註③。不快：辦事拖拉，能力低下。

② 嗔：發怒。

③ 哀家梨：六朝時秣陵哀家出產的梨，味道極美，入口消釋。

④ 烝：同「蒸」。

【白話輕鬆讀】

桓南郡每見到別人辦事拖拉，就生氣地說：「您得到哀家梨，該不會拿來蒸着吃吧？」

多思考一點

刻畫無鹽，以唐突西子，乃是不辨美醜；而哀梨蒸食，則是不辨滋味。

會心之處

簡文入華林園①，顧謂左右曰：「會心處不必在遠②。翳然林水③，便自有濠、濮間想也④，覺鳥獸禽魚自來親人。」

《言語》

【說文解字】

① 簡文：參見「資質不同」條註①。華林園：宮苑名，在江蘇南京市雞鳴山南古台城內，為三國時東吳所建。

② 會心處：使人有所領悟、感到愜意的地方。

③ 翳（粵 ai^3 普 yì）然：陰蔽的樣子。

④ 濠（粵 hou^4 普 háo）、濮（粵 buk^6 普 pú）：即濠水、濮水。參見本條「經典延伸讀」。據《莊子・秋水》，莊子在濮水釣魚，楚威王派大夫去請他出來做宰相，莊子表示寧可做一隻在污泥中爬的活龜，也不願做一隻保存在宗廟裏的死龜。後人以「濠濮」指稱高人閒遊之所。

【白話輕鬆讀】

簡文帝進入華林園，回頭對隨從說：「有所領會的地方不一定在遠處，林陰蔽日，山水掩映，就自然會產生身處濠梁、濮水間的情趣和韻味，覺得鳥獸禽魚主動來親近人。」

經典延伸讀

莊子與惠子遊濠梁水上①。莊子曰：「鯈魚出遊從容，是魚樂也②。」惠子曰：「子非魚③，安知魚之樂邪？」莊子曰：「子非我，安知我之不知魚之樂也？」

（劉孝標注引《莊子・秋水》）

【說文解字】

① 莊子：參見「齊由齊莊」條註④。 惠子：即惠施。戰國時蒙人。名家代表人物之一。主張「合同異」，認為一切事物的差別、對立都是相對的。著有《惠子》一書。

② 鯈（粵 tiu4 普 tiáo）魚：魚名，又稱白鯈。

③ 子：你。

【白話輕鬆讀】

莊子與惠子一同在濠梁水上遊玩。莊子說：「鰷魚從容地出來游動，這是魚兒感覺快樂呀！」惠子說：「你不是魚，怎麼知道魚兒快樂呢？」莊子說：「你不是我，怎麼知道我不知道魚兒快樂呢？」

多思考一點

人與自然的關係是文學藝術的永恆主題。文學藝術家從自然山水中不僅能夠發現美，而且能夠感悟到深刻的哲理。大自然是美好動人的，一切自然之物皆屬有情。簡文入華林園，感覺到鳥獸禽魚自來親人，莊子面對往來游動的魚兒，也感受到了魚兒的快樂。可見人與自然是相通的。

印渚風光

王司州至吳興印渚中看①，歎曰：「非唯使人情開滌②，亦覺日月清朗。」

《言語》

【說文解字】

①王司州：王胡之（？～349？），字脩齡，晉琅邪臨沂（今山東臨沂）人。曾任吳興太守等職。吳興：郡名，晉時屬揚州。印渚（粵 zyu^2 普 zhǔ）：地名，在吳興郡於潛縣。渚旁的白石山是水流匯集之處。

②非唯：不僅。開滌：（胸襟）開闊，（情感）淨化。

【白話輕鬆讀】

王司州到吳興郡的印渚去觀賞景致，感歎道：「不僅能讓人心情開朗，情感純淨，也讓人覺得日月更加清澈、明朗。」

經典延伸讀

袁彥伯為謝安南司馬①，都下諸人送至瀨鄉②。將別，既自淒惘③，歎曰：「江山遼落④，居然有萬里之勢！」

（《言語》）

【說文解字】

① 袁彥伯：袁宏（328～376），字彥伯，小字虎，晉陳郡陽夏（今河南太康縣）人。少孤貧，有逸才，文章絕美。著名文學家和史學家。謝安南：即謝奉，字弘道，東晉會稽山陰（今浙江紹興）人。歷任安南將軍、廣州刺史等職。司馬：官名，將軍府的屬官。

② 瀨（粵laai6 普lài）鄉：古地名，在今江蘇溧陽縣境內。

③ 淒惘（粵mong5 普wǎng）：傷感憂愁。

④ 遼落：遼闊。

【白話輕鬆讀】

袁彥伯出任謝安南的司馬，京都的僚屬將他一直送到瀨鄉。臨別之際，他已經不勝傷感憂愁之情，慨歎道：「江山遼闊，居然有萬里的氣勢！」

多思考一點

人眼中的自然，往往因心境的不同而不同：愉悅時，山水含笑；悲傷時，草木縈愁。人化了的自然，無不帶有人的情感色彩。王司州與袁彥伯面對大自然所抒發的慨歎，正反映了人與自然的這種關係。晉人欣賞山水的審美意識已經十分自覺，故其所詠所歎無不帶有自我之特徵。

雲興霞蔚

顧長康從會稽還①，人問山川之美，顧云：「千巖競秀②，萬壑爭流③，草木蒙籠其上④，若雲興霞蔚⑤。」

（《言語》）

【說文解字】

① 會稽：郡名，參見「士人之常」條「經典延伸讀」註①。

② 巖：高峻的山峰。

③ 壑（粵kok^{3} 普hè）：水溝。

④ 蒙籠：茂密覆蓋的樣子。

⑤ 雲興霞蔚：彩雲興起，形容絢麗多彩。蔚，興起。

【白話輕鬆讀】

顧長康從會稽歸來，人們問他那裏山水的美麗情狀，顧長康說：「千峰競相比高，萬壑爭先奔流，茂密的草木籠罩其上，猶如彩雲湧動，霞光燦爛。」

經典延伸讀

王子敬云①：「從山陰道上行②，山川自相映發③，使人應接不暇。若秋冬之際，尤難為懷④。」

《言語》

【說文解字】

① 王子敬：即王獻之（344～388），字子敬，晉琅邪臨沂（今山東臨沂）人。王羲之之子。著名書法家。歷任秘書郎、尚書令等職。

② 山陰：會稽郡山陰縣（今浙江紹興）。

③ 映發：互相映襯，彼此顯現。

④ 為懷：忘懷，忘記。

【白話輕鬆讀】

王子敬說：「從山陰道上走過時，一路上山光水色交映生輝，使人應接不暇。如果是秋冬之交，尤其讓人難以忘懷。」

多思考一點

「競」「爭」本是人的動作，顧愷之用以摹狀山水，便注入了人的精神。梁元帝《金樓子》卷四《立言篇九上》：「擣衣清而徹，有悲人者，此是秋士悲於心，擣衣感於外，內外相感，愁情結悲，然後哀怨生焉。苟無感，何嗟何怨也！」而德國古典哲學家黑格爾在論述自然美時也指出：「……自然美還由於感發心情和契合心情而得到一種特性。例如寂靜的月夜，平靜的山谷，其中有小溪蜿蜒地流着，一望無邊波濤洶湧的海洋的雄美氣象，以及星空的肅穆而莊嚴的氣象就是屬於這一類。這裏的意蘊並不屬於物件本身，而是在於所喚醒的心情。」（《美學》第1卷）面對會稽的山山水水，面對山陰道上的自然美景，顧愷之和王獻之的「心情」被「喚醒」了。「內外相感」，於是各自說出了一段傳誦千古的妙語。

天月風景

司馬太傅齋中夜坐①，于時天月明淨，都無纖翳②，太傅歎以為佳。謝景重在坐③，答曰：「意謂乃不如微雲點綴。」太傅因戲謝曰：「卿居心不淨，乃復強欲滓穢太清邪④！」

（《言語》）

【説文解字】

① 司馬太傅：即司馬道子（364～402），晉簡文帝子，封會稽王，任太傅。　齋：書房。

② 纖翳：纖細、細微的遮蔽，指雲彩。

③ 謝景重：即謝重，字景重，晉陳郡陽夏（今河南太康縣）人。曾在司馬道子手下任長史。

④ 乃復：還要。　滓穢（粵 zi^{2}wai^3 普 zǐhuì）：污穢，玷污。　太清：天空。

【白話輕鬆讀】

司馬太傅在書房夜坐，這時天空明朗，月光皎潔，一絲微雲也沒有，太傅讚歎不已，認為美極了。謝景重也在座，答話說：「我認為有微雲點綴會更美。」太傅便和謝景重開玩笑說：「你居心不淨，反而硬要污染天空吧！」

經典延伸讀

宣武移鎮南州①，制街衢平直②。人謂王東亭曰③：「丞相初營建康④，無所因承⑤，而制置紆曲⑥，方此為劣。」東亭曰：「此丞相乃所以為巧。江左地促⑦，不如中國⑧。若使阡陌條暢⑨，則一覽而盡；故紆餘委曲⑩，若不可測。」

（《言語》）

【說文解字】

① 宣武：即桓溫。晉哀帝興寧二年（364），大司馬桓溫兼任揚州牧。他先移鎮春穀縣，次年又往東移鎮姑孰。桓溫（312～373），字元子。晉譙（粵 ciu4 普 qiáo）國龍亢（今安徽

懷遠西北）人。晉明帝的女婿。歷任征西大將軍、大司馬等職。鎮：鎮守。　南州：城名，即姑孰，故址在今安徽當塗。因在建康以南，故稱南洲（州）。

②街衢（粵keoi^{4} 普qú）：街道。

③王東亭：即王珣（349～400），字元琳，小字法護、阿瓜，晉琅邪臨沂（今山東臨沂）人。東晉丞相王導之孫。著名書法家。大司馬桓溫辟為主簿，累遷尚書左僕射，封東亭侯，故人稱「王東亭」。

④丞相：即王導，字茂弘，晉琅邪臨沂人。晉元帝即位後任丞相。為東晉名臣之一。　建康：地名，今江蘇南京市。六朝都城。

⑤因承：因襲繼承，參照。

⑥制置：修造，佈置。　紆（粵jyu^{1} 普yū）曲：彎曲、曲折。

⑦促：狹窄。

⑦中國：中原。

⑨阡陌：田間小路，南北方向的叫阡，東西方向的叫陌。這裏指街道。　條暢：通暢，暢達。

⑩紆餘委曲：曲曲折折。

【白話輕鬆讀】

宣武移鎮南州，他規劃修建的街道又平又直。有人對王東亭說：「丞相當初營建建康城時，沒有甚麼可供仿效的，所以街道修造得彎彎曲曲，比這裏要差。」王東亭說：「這正是丞相巧妙的地方。江東地方狹窄，比不上中原。如果讓街道暢達，就會一覽無餘；而曲折迂迴，就會給人以深不可測的感覺。」

多思考一點

晉人崇尚含蓄之美。謝景重對天空月色的欣賞以及王東亭對王導丞相的城區設計的評論，都體現了這種審美觀念。從審美的角度看，微雲點綴的夜空確實比萬里無雲的夜色更有魅力，而平直的街道也遠不及曲徑通幽的小巷那樣吸引人。

深情

新亭對泣

過江諸人①，每至美日②，輒相邀新亭③，藉卉飲宴④。周侯中坐而歎曰⑤：「風景不殊，正自有山河之異⑥！」皆相視流淚。唯王丞相愀然變色曰⑦：「當共戮力王室⑧，克復神州，何至作楚囚相對⑨！」

（《言語》）

【說文解字】

① 過江諸人：指西晉末年為躲避戰亂而渡過長江的官僚人士。參見「郗公名德」條註①。

② 美日：風和日麗的日子。

③ 新亭：又名勞勞亭，原是三國時吳國所建，故址在今南京市南，為古時送別之所。唐代大詩人李白有《勞勞亭》詩：「天下傷心處，勞勞送客亭。春風知別苦，不遣柳條青。」

④ 藉卉（粵ze^{3}wai^{2} 普jièhuì）：坐在鮮花開放的草地上。

⑤ 周侯：即周顗（粵ngai^{5} 普yǐ），參見「刻畫無鹽」條註①。曾任吏部尚書等職。襲父爵，為武城侯，故人稱「周侯」。

⑥ 正自：只是。

⑦ 王丞相：即王導（276～339），參見「天月風景」「經典延伸讀」註④。愀（粵ciu^{2} 普qiǎo）然：神色嚴肅的樣子。

⑧ 戮（粵luk^{6} 普lù）力：並力，合力。

⑨ 楚囚：楚國的囚犯，指楚國音樂家鍾儀。參見本條「經典延伸讀」。

【白話輕鬆讀】

渡江避難的各位士人，每到風和日麗的日子，總是相邀去新亭，坐在鮮花盛開的草地上飲宴。周侯曾在座中感歎道：「這裏的風景和中原相比沒有甚麼不同，只是有山河的差異罷了！」大家都互相對視，潸然淚下。只有王丞相臉色忽變，嚴肅地說：「大家應該為朝廷齊心合力，收復神州，怎麼能像楚國的囚徒那樣相對流淚呢！」

經典延伸讀

景公觀軍府①，見而問之曰：「南冠而縶者為誰②？」有司對曰③：「楚囚也。」……與之琴，操南音④。范文子曰：「楚囚，君子也！樂操土風⑤，不忘舊也。」

（劉孝標注引《春秋傳》）

【説文解字】

①景公：晉景公，前599～前581年在位。　軍府：貯藏軍器的地方。

②南冠：南方人戴的帽子。這裏是名詞作動詞用。　縶（粵 zap^1 普 zhí）者：被拘囚的人。

③有司：古代設官分職，各有專司，因稱管理者為「有司」。

④南音：南方的音調。

⑤操：演奏。　土風：自己家鄉的歌謠。

【白話輕鬆讀】

晉景公視察軍府，看見被俘的鍾會，就問道：「被拘囚的那個戴南方帽子的人是誰？」管事的回答：「是來自楚國的俘虜。」……給他琴，他彈奏了南方的曲子。范文子說：「楚囚是位君子。演奏自己家鄉的歌謠，沒有忘記自己的故鄉。」

多思考一點

316年，匈奴人劉曜攻陷長安，晉湣帝被擄，西晉王朝覆滅。司馬睿（晉元帝）在建業（今江蘇省南京市）即位，中原士族渡江南下。新亭對泣的故事即反映了這一歷史劇變發生之後南渡士人的心態。本篇立意高遠，筆精墨練，對南渡士人在芳草地上宴飲的場面未作絲毫描寫，而是重點昭示他們此時此刻的心靈感受。風景不殊，而山河已非，周侯一句凄美的話語，引得大家相視流淚。而王導丞相獨出眾表，壯懷激烈，發出令人感奮之言，以戮力王室，克復神州為己任。但細味周侯之言，亦有弦外之音。原來東晉的首都建業與西晉的首都洛陽有非常相似的地理環境：四周有群山環繞，城外有碧水長流。梁元帝《金樓子》卷五《著書篇第十》載《丹陽尹序傳》說：「自二京版蕩，五馬南渡，固乃上燭天文，下應地理。爾其地勢可得而言：東以赤山為成、皋，南以長淮為伊、洛，北以鍾山為芒、阜，西以大江為黃河。既變淮海為神州，亦即丹陽為京尹。雖得仁之盛，頗愧前賢。」而唐代詩人許渾《金陵懷古》詩云：「英雄一去豪華盡，惟有青山似洛中。」這種地理上的對應和相似，使初到江東的士人有一見如故而實則非故的親感與痛感，所以引發了他們愴懷故國的情思，從而與樂操土風、不忘故國的楚國樂師鍾儀產生共鳴。這個故事在後世很有影響，特別是在神州陸沉，中華民族瀕臨生死存亡的關頭，我們每每可以窺見新亭對泣式的凄涼情調，或者聽到王導式昂揚奮發的高亢之音。

百感交集

衛洗馬初欲渡江①，形神慘悴②，語左右云：「見此芒芒③，不覺百端交集④。苟未免有情，亦復誰能遣此！」

（《言語》）

【說文解字】

① 衛洗（粵 sin^2 普 xiǎn）馬：即衛玠（粵 gaai^3 普 jiè），字叔寶(287～313)，晉河東安邑(今山西運城東北）人。永嘉四年（310），移家渡江到豫章郡。號稱中興名士。 洗馬，官名，秦時設置，為太子官屬，太子出行時為前導，晉以後改為掌管圖籍。

② 慘悴：淒慘，憔悴。

③ 芒芒：同「茫茫」，形容遼闊無邊。

④ 百端：各種思緒。

【白話輕鬆讀】

衛洗馬剛要渡過長江，面容憔悴，神情淒慘，對隨從的人說：「目睹這茫茫的大江，不覺百感交集。只要是有感情，誰又能排遣得了這種種憂傷！」

經典延伸讀

子在川上曰①：「逝者如斯夫②！不舍晝夜③。」

（《論語・子罕》）

【說文解字】

①子：孔子。川：河。

②逝者：流逝的時間。斯：此，這。

③舍：捨棄。

【白話輕鬆讀】

孔子站立在河岸之上，感歎道：「逝去的時光就像流水一樣，晝夜不停地流淌。」

多思考一點

在六朝士人看來，人生是痛苦的，而造物主所締造的自然風物卻是美好的。當它與一定的人生際遇密切相聯的時候，就更富有詩意的美，更加銷魂奪魄。衛玠那深情綿邈的言辭，究竟為何而發？是因江水的茫茫無際而想到人生的短暫？還是因江水的波濤洶湧而想到人生的險惡？抑或是因江水的長流不已而想到覆亡的故國？或許都有。讀了這段文字，我們很容易聯想到唐代著名詩人陳子昂的《登幽州台歌》：「前不見古人，後不見來者。念天地之悠悠，獨愴然而涕下。」以及《論語・子罕》孔子歎息逝水的名言。孔子、衛玠和陳子昂生活在三個迥然不同的時代，但他們流露出了十分相近的情感。他們對時間和空間，對人生和宇宙都表現出了深沉的感慨和執着的思索。孔子重在驚歎，衛玠偏於感傷，陳子昂也帶着濃郁的感傷色彩，但他所抒發的感情更為深邃，更為幽渺，更富有哲理性的啟迪，體現了更為強烈的時空意識——上摩日月星辰，下瞰山河大地，彷彿具有包舉宇宙、勘破萬象的偉力。

桓公泣柳

桓公北征①，經金城②，見前為琅邪時種柳③，皆已十圍④，慨然曰：「木猶如此，人何以堪！」攀枝執條，泫然流淚⑤。

《言語》

【說文解字】

① 桓公：參見「天月風景」條「經典延伸讀」註釋①。北征：桓溫在東晉太和四年（369）北伐燕國。

② 金城，地名，是東晉南琅邪郡郡治。

③ 為琅邪：桓溫在咸康七年（341）任琅邪國內史，鎮守金城，到他率兵伐燕時已過了將近三十年的時間。

④ 圍：計算圓周的單位。拇指和食指合攏的圓周長為一圍。柳樹十圍，意味着即將乾枯了。

⑤ 泫（粵 jyun5 普 xuàn）然：流淚不止的樣子。

【白話輕鬆讀】

桓溫北伐，經過金城，看見自己從前擔任琅邪內史時所種的柳樹，都已經十圍了，就慨歎道：「樹木尚且如此，人又怎麼能經得起歲月的消磨呢！」他攀着樹枝，抓住柳條，不禁淚流滿面。

經典延伸讀

桓大司馬聞而歎曰①：「昔年移柳，依依漢南②；今看搖落，悽愴江潭③。樹猶如此，人何以堪？」

（北周・庾信《枯樹賦》，《庾子山集》卷一）

【說文解字】

① 大司馬：指桓溫。
② 漢南：地名，在今四川境內。
③ 悽愴（粵 $cai^{1}cong^{3}$ 普 qīchuàng）：悲傷。江潭：江邊，水濱。

【白話輕鬆讀】

大司馬聞知而感歎道：「昔年移柳，依依飄拂於漢南；今日眼看它蕭條、衰落，不禁悲傷於江畔。樹木尚且如此，人又如何能夠承受？」

多思考一點

世事浮雲，歲月流水，樹木尚且不堪衰老，人又如何經得起日月的消磨呢！桓溫將軍一介武夫，對人生竟有如此深切的體察！自然之物激發了他的綿邈深情，撫今追昔，不禁有此慨歎。此種深情對人生具有普遍的意義，所以這個故事廣傳於後世，大文學家庾信還將它改寫為一首優美的抒情小詩。

聖人之情

僧意在瓦官寺中①，王苟子來②，與共語，便使其唱理③。意謂王曰：「聖人有情不？」王曰：「無。」重問曰：「聖人如柱邪？」王曰：「如籌算④。雖無情，運之者有情。」僧意云：「誰運聖人邪？」苟子不得答而去。

《文學》

【說文解字】

①僧意：東晉簡文帝時僧人，生平不詳。瓦官寺：東晉時代的一座著名佛寺，位於都城建康（今江蘇南京）城西南隅。

②王苟子：即王脩，參見「善人惡人」條「經典延伸讀」註②。

③唱理：談論哲理。

④籌算：計算用的籌碼。

【白話輕鬆讀】

僧意在瓦官寺，等王苟子到來，和他交談，便讓他開始談論玄理。僧意問王苟子說：「聖人有感情沒有？」王說：「沒有。」僧意又問道：「那麼聖人像柱子一樣嗎？」王說：「像籌碼，雖然沒有感情，可是使用它的人有感情。」僧意追問道：「誰使用聖人呢？」王苟子回答不了，就走開了。

經典延伸讀

王戎喪兒萬子①，山簡往省之②，王悲不自勝。簡曰：「孩抱中物③，何至於此！」王曰：「聖人忘情，最下不及情。情之所鍾④，正在我輩。」簡服其言，更為之慟。

（《傷逝》）

【說文解字】

① 王戎（234～305）：字濬沖，晉琅邪臨沂（今山東臨沂）人。幼而穎悟，善於談賞，為「竹林七賢」之一。曾被朝廷封為安豐侯。

② 山簡（253～312）：西晉河內懷縣（今河南

武陟縣西南）人。曾任吏部尚書、征南將軍等職。省：探望。

③孩抱：尚在繈褓之中的孩子，泛稱小孩。

④鍾：集中。

【白話輕鬆讀】

王戎失去了兒子王萬子，山簡前去探望他，王戎悲傷萬分，難以自持。山簡說：「不過是一個幼兒，何至如此呢！」王戎說：「聖人能夠超脫一般的感情，最下層的人顧及不到感情，故而人間的感情都集中到了我們這些人的身上。」山簡很佩服他的話，也為他悲痛起來了。

多思考一點

人非草木，孰能無情！無論是聖人，還是普通人，或者介於二者之間的賢哲之人，其生命的律動都是在豐沛的情感中進行的。沒有人類的情感，也就沒有人類的一切。所以，聖人不僅不是超脱，而恰恰是情之聖者。而王戎的感念亡兒，山簡的悲天憫人，亦幾乎接近情聖的境界了！

中年哀樂

謝太傅語王右軍曰①：「中年傷於哀樂，與親友別，輒作數日惡②。」王曰：「年在桑榆③，自然至此，正賴絲竹陶寫④，恆恐兒輩覺，損欣樂之趣⑤。」

（《言語》）

【說文解字】

① 謝太傅：即謝安（320～385），字安石。為東晉名臣之一。曾任中書監，錄尚書事，進位太保，死後賜太傅。　王右軍：即王羲之（303～361，一說309～365或321～379）。晉琅邪臨沂人。著名書法藝術家。曾任右軍將軍，故人稱「王右軍」。

② 輒：總是，就。　惡：惡劣，這裏指心情不好。

③ 桑榆：晚年。太陽下山時，陽光只照着桑樹、榆樹的樹梢，所以古人常用桑榆比喻黃昏，也用來比喻人的晚年。

④ 陶寫：陶冶，抒發。

⑤ 恆：總。　損：減少。

【白話輕鬆讀】

謝太傅對王右軍說：「生當中年，常常感傷於哀樂之情，每與親友話別，總是數日悶悶不樂。」王右軍說：「桑榆之年，自然如此，只能依賴音樂來陶冶、抒發感情，可是又總擔心晚輩們因此而減少了歡樂的情趣。」

經典延伸讀

……坡詩用其事云①：「正賴絲與竹，陶寫有餘歡②。」夫陶寫云者，排遣消釋之意也，所謂歡樂之趣；有餘歡者，非陶寫其歡，因陶寫而歡耳。

（金•王若虛《詩話》，《滹南遺老集》卷四十）

【說文解字】

①坡：即蘇軾（1037～1101），字子瞻，號東坡居士。眉山（今屬四川省）人。著名文學家、書畫家。　事：事類，典故。

②「正賴」二句：出自《遊東西巖》，見《東坡全集》卷五。

【白話輕鬆讀】

蘇東坡在詩中用這個典故說：「正賴絲與竹，陶寫有餘歡。」他所說的「陶寫」，就是排遣消釋的意思，即所謂歡樂之趣；而所謂「餘歡」，並非說陶寫其歡喜，是因為「陶寫」而歡喜罷了。

多思考一點

中年是人生的秋天，豐富、成熟。屈原的憤時憂國，但丁的徘徊歧路，都是起自於中年時代。同時，中年人對晚輩也是最為關切的，他們並不願意自己的悲哀情緒對孩子們產生任何影響。王羲之的話傳達了中年人的真實心態。

肝腸寸斷

桓公入蜀①，至三峽中②，部伍中有得猿子者，其母緣岸哀號，行百餘里不去，遂跳上船，至便即絕。破視其腹中，腸皆寸寸斷。公聞之怒，命黜其人③。

（《黜免》）

【說文解字】

① 桓公入蜀：晉穆帝永和二年（346），桓溫討伐蜀漢李勢政權，次年攻佔成都。

② 三峽：即長江三峽，長江上游瞿塘峽、巫峽和西陵峽的合稱。西起重慶奉節縣白帝城，東迄湖北宜昌市南津關，全長 193 公里。

③ 黜（粵 ceot1 普 chù）：黜退，罷免。

【白話輕鬆讀】

桓公入蜀，到達三峽中，部隊裏有個人捕到一隻小猴，母猴沿着江岸哀號不已，跟着船走了一百多里也不肯離開，後來牠終於跳上了船。可牠一上船就氣絕了。士兵們剖開母猴的肚子看，發現裏面的腸子都一寸一寸地斷裂了。桓公聽說此事非常生氣，就下令把捕捉小猴的人給罷免了。

經典延伸讀

桓公坐有參軍椅烝薤①，不時解②；共食者又不助，而椅終不放。舉坐皆笑。桓公曰：「同盤尚不相助，況復危難乎？」敕令免官③。

（《黜免》）

【說文解字】

① 椅：當作「掎」（粵gei2 普jǐ）字，用筷子夾。　烝薤（粵zing1haai6 普zhēngxiè）：烝，即「蒸」，薤是一種蔬菜，蒸熟後很黏。

② 不時解：一時間分解不開。

③ 敕（粵cik1 普chì）令：命令。

【白話輕鬆讀】

在桓公的宴席上有一位參軍用筷子夾取蒸薤，一時解不開。而一同吃飯的人不幫助他，可是他夾住蒸薤就是不能放開。座中所有的人都笑了。桓公說：「一同吃飯尚且不能互相幫助，更何況危難來臨呢？」於是下令免除所有一同吃飯的人的官職。

多思考一點

桓溫一介武夫，內心深處卻蘊蓄着脈脈溫情。他同情肝腸寸斷的母猿，也關愛吃飯時無人幫助的參軍。他從細微的小事中窺見了大問題。所以，他兩次罷免手下的官吏，並不是小題大做。

人琴俱亡

王子猷①、子敬俱病篤②，而子敬先亡。子猷問左右：「何以都不聞消息？此已喪矣。」語時了不悲。便索輿來奔喪③，都不哭。子敬素好琴，便徑入坐靈牀上，取子敬琴彈，弦既不調④，擲地云：「子敬，子敬，人琴俱亡！」因慟絕良久⑤，月餘亦卒⑥。

（《傷逝》）

【說文解字】

① 王子猷：王徽之（?～388），字子猷，晉琅邪臨沂（今山東臨沂市）人。王羲之之子，王獻之之兄，曾任黃門侍郎等職。

② 子敬：即王獻之，參見「雲興霞蔚」條「經典延伸讀」註①。病篤：病重。

③ 輿：指車。

④ 調：合調，協律。

⑤ 慟絕：悲痛得暈過去。

⑥ 卒：去世。

【白話輕鬆讀】

王子猷和王子敬都已病重，而子敬先去世了。子猷問左右的人說：「怎麼一點也沒有聽到子敬的消息？這是已經死了吧！」說話時一點也不悲傷。他馬上要車來奔喪，也沒有哭。子敬平時喜歡琴，子猷便徑直進去坐在靈牀上，拿過子敬的琴來彈奏，可琴弦怎麼也調不好，他把琴擲到地上說：「子敬，子敬，人琴皆亡！」隨後就因悲痛昏迷了許久。一個多月後，他也去世了。

經典延伸讀

顧彥先平生好琴①，及喪，家人常以琴置靈牀上。張季鷹往哭之②，不勝其慟，遂徑上牀，鼓琴作數曲，竟，撫琴曰：「顧彥先頗復賞此不？」因又大慟，遂不執孝子手而出③。

（《傷逝》）

【說文解字】

①顧彥先：即顧榮，參見「顧榮施炙」條註①。

②張季鷹：即張翰，字季鷹，晉吳郡（今江蘇蘇州）人，曾任大司馬東曹掾（一種屬官）。

③不執孝子手而出：是說張季鷹傷痛之極，以至於忘了禮節。孝子，指居父母喪期的兒子。按當時的禮節，參加弔唁的人臨走時，應與孝子握手，以示慰問。

【白話輕鬆讀】

顧彥先平生喜歡琴，在他死後，家人就把琴放在靈牀上。張季鷹去哭悼他，萬分悲痛，便徑直上牀，彈奏數曲，然後撫着琴說：「顧彥先還很欣賞我彈的曲子嗎？」於是又大為悲痛，竟然沒有握孝子的手就出去了。

多思考一點

魏晉名士每多音樂之勝賞，所以當時知識分子常常喜歡彈琴。子敬素好琴，顧彥先平生好琴，對他們來說，人與琴，琴與人，是不可間分的。無論是兄弟的悲悼，還是朋友的追懷，都與琴密切相關。然而，兄弟之間，手足深情，一旦陰陽異路，怎能不悲傷呢？王徽之的不哭不悲，正是極度悲傷的表現。他的感情悲痛到極點，清淚無法表達。而當看到獻之的遺物時，他終於無法控制自己的感情，於是聲聲悲歎，交崩而出，感情的洪濤沖決心靈的長堤，巨聲訇然。王子猷的哀之極而無淚，與謝太傅的樂之極而無語（參見「謝公圍棋」條），都是鬱極而發的表現，其悲喜橫決，反而遠遠超過世俗的常情。換言之，悲之極與喜之極，都可能表現為不悲不喜，而這正是一種驚心動魄的大悲和大喜，正是人類情感最深刻的辯證法。

才藝

詠絮之才

謝太傅寒雪日內集①，與兒女講論文義②。俄而雪驟③，公欣然曰：「白雪紛紛何所似？」兄子胡兒曰④：「撒鹽空中差可擬⑤。」兄女曰⑥：「未若柳絮因風起⑦。」公大笑樂。

《言語》

【說文解字】

① 謝太傅：即謝安，參見「中年哀樂」條註①。內集：家庭聚會。

② 文義：文章的內容。

③ 驟：急，快。

④ 胡兒：即謝朗。朗字長度，小字胡兒，晉陳郡陽夏（今河南太康縣）人。謝據長子。善言玄理，為叔父謝安所賞愛。歷任著作郎、東陽太守等職。

⑤ 鹽：指吳鹽，非常潔白。以吳鹽喻雪，是突出雪的珍貴、吉祥，有俗語所謂「瑞雪兆豐年」的意思。差：甚，很。擬：比擬。

⑥ 兄女：即謝韜元。韜元字道蘊，晉陳郡陽夏（今河南太康縣）人。謝奕女，王凝之妻。有才學，工詩文，氣度優雅，為叔父謝安所賞。東晉著名女詩人。

⑦ 因：憑藉。以上三句是句句押韻的七言詩，係模仿漢代的「柏梁體」。本篇有刪節。

【白話輕鬆讀】

謝太傅在一個寒冷的雪天與家人聚會，為孩子們講解文章。一會兒，雪下大了，謝安興致勃勃地問：「這大雪紛飛像甚麼呢？」姪子胡兒說：「好比是把鹽撒到空中一樣。」姪女說：「還不如是柳絮憑藉風勢在空中起舞。」謝安大笑，非常快樂。

經典延伸讀

謝公因子弟集聚①，問：「《毛詩》何句最佳②？」遏稱曰③：「昔我往矣，楊柳依依；今我來思，雨雪霏霏④。」公曰：「訏謨定命，遠猷辰告⑤。」謂此句偏有雅人深致⑥。

（《文學》）

【說文解字】

① 因：借機。

② 《毛詩》：即《詩經》，是我國最早的一部詩

歌總集。現在的《詩經》是由漢代學者毛亨作傳的，所以又稱《毛詩》。

③ 遏（粵aat^3 普è）：即謝玄（343～388），字幼度，小字遏，晉陳郡陽夏(今河南太康縣)人。少穎悟，為叔父謝安器重。及長，有經國才略。歷任車騎將軍等職。

④「昔我」四句：出自《詩經・小雅・采薇》，大意是說想起我離家出征的時光，楊柳輕輕地搖曳；如今我回到家鄉，雪花漫天飛舞。雨（粵jyu^5 普yù）雪，下雪。

⑤「訏謨」二句：出自《詩經・大雅・抑》，意思是說國家大計一定要號召，重大方針政策就及時宣告。訏（粵heoi^1 普xū），大；謨（粵mou^4 普mó），策略；猷（粵jau^4 普yóu），謀略、方略。

⑥ 雅人：高雅的人。深致：深遠的意趣。

【白話輕鬆讀】

謝安借子弟們聚會的機會，問道：「《毛詩》哪一句最佳？」謝玄宣稱：「昔我往矣，楊柳依依；今我來思，雨雪霏霏。」謝安説：「訏謨定命，遠猷辰告。」他認為這兩句詩特別富有高雅之士的深遠意趣。

多思考一點

陳郡陽夏謝氏是一個橫亙三百多年的文化世族。這一家族以文學創作著稱於世，出現了許多著名的詩人，如謝靈運、謝朓以及女詩人謝道蘊等等。以上兩則故事就反映了謝氏家族的這種風氣。謝道蘊以柳絮因風比喻飛舞的雪花，從審美的角度看，顯然要比胡兒的比喻高明得多，故後人以「詠絮之才」稱道其過人的才情。實際上，在謝氏家族內部，每個家庭成員的文學趣味並不完全相同。胡兒重視事物的實用價值，謝安看重文學的政治功能，而謝道蘊和謝玄則偏愛文學的審美情趣。顯然，在文化觀念上，謝氏家族是非常自由的，所以各種不同的觀點都可以充分地表達出來。

匿名求學

服虔既善《春秋》①，將為注，欲參考同異。聞崔烈集門生講《傳》②，遂匿姓名，為烈門人賃作食③。每當至講時，輒竊聽戶壁間。既知不能踰己，稍共諸生敘其短長。烈聞，不測何人。然素聞虔名，意疑之。明蚤往④，及未寤⑤，便呼：「子慎！子慎！」虔不覺驚應，遂相與友善。

（《文學》）

【說文解字】

① 服虔：參見「成人之美」條註②。《春秋》：這裏指《春秋左氏傳》。參見「成人之美」條註①。

② 崔烈（?～192）：字威考，東漢涿郡（今河北涿州）人。著名學者。歷任司徒、太尉等職，封陽平亭侯。門生：弟子，學生，下文的「門人」與此意同。

③ 賃（粵 jam^{6} 普 lìn）：做僱工。

④ 蚤：通「早」。

⑤ 寤（粵 ng^{6} 普 wù）：睡醒。

【白話輕鬆讀】

服虔已經在《春秋左氏傳》的研究方面很有專長，將要給這部書作註釋，就想參考各家學說的異同。他聽說崔烈召集學生講授《左傳》，便隱匿姓名，去給崔烈的學生當傭人做飯。每當崔烈講課的時候，他就躲在門外偷聽。在他了解到崔烈的學術觀點超不過自己以後，便漸漸地和那些學生談論他的得失。崔烈聽說此事，猜不出他是甚麼人，但素來聞知服虔的名聲，便懷疑是他。次日清晨他便前往服虔的宿舍，趁他還沒醒來的時候，便突然喚道：「子慎！子慎！」服虔不覺驚醒應答，於是兩人就結交成為好友。

經典延伸讀

鍾會撰《四本論》始畢①，甚欲使嵇公一見②，置懷中，既定③，畏其難④，懷不敢出，於戶外遙擲，便回急走。

（《文學》）

【說文解字】

① 鍾會（225～264）：字士季，鍾繇次子。曾任司馬等職。《四本論》：鍾會撰寫的一篇文章，論才能與德行並不抵觸，可以兼備。文今不傳。

② 嵇公：嵇康（223～262），字叔夜，三國魏譙郡（治所在今安徽亳州）人。著名詩人、文學家、音樂家和學者。「竹林七賢」之一。

③ 定：到。

④ 難（粵naan⁶ 普nàn）：問難，質疑。

【白話輕鬆讀】

鍾會撰寫《四本論》剛剛完成，很想讓嵇康一閱。他便將文章揣在懷裏，到了嵇康家門口，又擔心他質疑、問難，就始終揣着不敢拿出來。最後在門外遠遠地將文章扔進去，就急急忙忙轉身跑掉了。

多思考一點

虛心求教是非常重要的。服虔為了學習不惜隱姓埋名，去崔烈家中當傭人，鍾會也想求教於著名學者嵇康，儘管缺乏面對他的勇氣。他們的精神都是非常可貴的。

七步成詩

文帝嘗令東阿王七步中作詩①，不成者行大法②。應聲便為詩曰：「煮豆持作羹③，漉菽以為汁④。萁在釜下然⑤，豆在釜中泣；本自同根生，相煎何太急⑥！」帝深有慚色。

（《文學》）

【說文解字】

① 文帝：魏文帝曹丕（187～226），字子桓，三國魏沛國譙（今安徽亳州）人。曹操次子。220年稱帝，在位七年，謚文皇帝。著名詩人和文學批評家。 東阿王：曹植（192～232），字子建，曹操第三子，曹丕弟。少博學，善詩文，曹操曾經一度想讓他繼承王位，故深為曹丕所忌。他是當時傑出的詩人，也是中國文學史上的重要作家之一。曹丕繼位後，他很受壓制，曾被封為東阿王。 七步中作詩：佛教傳說，佛祖釋迦牟尼剛一降生，就走了七步，並說：「天地人間，惟我獨尊。」曹植七步成詩的故事可能與這個傳說有關。

② 大法：重刑，指死刑。

③ 羹：一種帶汁的食物，有菜羹、肉羹之別。它是古代人們生活中的基本菜餚之一。

④ 漉菽（粵 luk^{6}suk^{6} 普 lùshū）：漉，過濾；菽，豆類的總稱。

⑤ 其（粵kei4 普qí）：豆秸，豆莖。　釜（粵fu2 普fǔ）：鍋。　然：通「燃」，燒。　⑥ 煎：熬，煮。

【白話輕鬆讀】

魏文帝曹丕曾經命令東阿王曹植在行七步的時間內作詩一首，如果作不出來，就要施以死刑。東阿王應聲便作詩一首：「煮豆持作羹，漉菽以為汁。其在釜下燃，豆在釜中泣；本自同根生，相煎何太急！」魏文帝深感慚愧。

經典延伸讀

桓宣武北征①，袁虎時從②，被責免官。會須露布文③，喚袁倚馬前令作。手不輟筆④，俄得七紙，殊可觀。東亭在側⑤，極歎其才。

（《文學》）

【說文解字】

① 桓宣武：即桓溫，參見「天月風景」條「經典延伸讀」註①。桓溫在東晉太和四年（369）北伐燕國。

② 袁虎：即袁宏，參見「印渚風光」條「經典延伸讀」註①。

③ 露布文：佈告文書。

④ 輟筆：停筆。

⑤ 東亭：即王珣，參見「天月風景」條「經典延伸讀」註③。

【白話輕鬆讀】

桓溫率部北伐，袁虎也隨同出征，因受到桓溫的責罰而被免官。當時正好急需一篇露布文，桓溫便召喚袁虎，讓他倚靠在馬前寫作。他手不停筆，一會兒就寫滿了七張紙，非常精彩。當時王東亭正在袁虎身邊，特別欣賞他的才華。

多思考一點

曹植和袁宏都是文思敏捷的作家，所以吟詩作文，一揮而就，文不加點。這兩則故事都反映了我國魏晉時期的文壇推重文思敏捷的風氣。而這種能力，既依賴於天賦，也要靠後天的修煉。

左思作賦

左太沖作《三都賦》初成①，時人互有譏訾②，思意不愜③。後示張公④。張曰：「此《二京》可三⑤。然君文未重於世，宜以經高名之士。」思乃詢求於皇甫謐⑥。謐見之嗟歎，遂為作敘。於是先相非貳者⑦，莫不斂衽讚述焉⑧。

（《文學》）

【說文解字】

① 左太沖：左思，字太沖，晉臨淄（今山東淄博）人。西晉著名詩人、作家，代表作有《詠史八首》和《三都賦》等。《三都賦》：「三都」指魏、蜀、吳三國的國都。據說，左思寫此賦用了十年的時間。

② 譏訾（粵zi^2 普zǐ）：批評，非難。

③ 愜（粵hip^3 普qiè）：滿意，舒服。

④ 張公：張華（232～300），字茂先，範陽方城（今河北固安縣）人。曾任太常、司空等職。西晉著名詩人、作家。

⑤《二京》：指東漢作家班固的《兩都賦》和張衡的《二京賦》。漢代的東都，又稱東京（今河南洛陽），西都又稱西京（今陝西西安）。可三：這裏的「三」用作動詞。這句話的意思是說《三都賦》可以和《兩都賦》《二京賦》鼎足而立，三賦齊名。

⑥ 皇甫謐（粵mat^6 普mì）（215～282）：字士安，號玄晏先生，晉朝那（今甘肅平涼）人。

著名學者、醫學家。

⑦非貳：非難，反對。

⑧斂衽（粵jam6 普rèn）：整飭衣襟或者衣袖，表示恭敬。讚述：讚賞，傳達。

【白話輕鬆讀】

左思創作《三都賦》，剛剛完成，時人交相嘲笑、非難，他心裏很不舒服。後來他把自己的作品給張華看，張華說：「這可以和《二京賦》鼎足而三。但是您的文章還沒有受到世人重視，應該得到著名學者的推薦才好。」左思便去向皇甫謐求教。皇甫謐見了這篇賦，歎賞不已，就為它作了一篇敘。於是以前非難左思並對他持懷疑態度的人，就都交口稱讚，表示敬意了。

經典延伸讀

庾仲初作《揚都賦》成①，以呈庾亮②，亮以親族之懷③，大為其名價④，云可三《二京》，四《三都》。於此人人競寫⑤，都下紙為之貴⑥。

（《文學》）

【説文解字】

①庾仲初：庾闡，字仲初，晉潁川鄢陵（今河南鄢陵）人。與太尉庾亮同族。著名作家、詩人。《揚都賦》：模擬揚雄、班固、張衡、左思諸人的一篇賦作。該賦鋪陳東晉都城、揚州治所建康（今江蘇南京）之山川形勝、草木禽鳥、宮室人物及都市繁華等情況。

②庾亮：參見「割蓆分坐」條「經典延伸讀」註③。

③親族：親屬，同姓本家。

④名價：評價。

⑤競寫：競相傳抄。

⑥都下：京都，指建康（今江蘇南京）。

【白話輕鬆讀】

庾仲初作《揚都賦》一篇，呈給庾亮指正，庾亮出於同族親屬之情，對這篇賦給予高度評價，並予以大力宣揚，說它可以和《二京賦》《三都賦》等名作並駕齊驅。由此人們競相傳抄，京都紙張的價格也變得昂貴起來了。

多思考一點

初出茅廬的作家，儘管其作品可能寫得非常出色，但也往往得不到人們的重視，必須經過名人的品評和推薦，才能逐漸為人們所接受。從古至今，文壇的風氣常常如此。但是，無論如何，作家的創作實力和作品的藝術成就，是決定作家地位的主要因素。左思的《三都賦》和庾闡的《揚都賦》都是中國文學史上的優秀作品，無論當時的人們如何評價，它們都是不會被歷史湮沒的。

清言手筆

樂令善於清言①，而不長於手筆②。將讓河南尹，請潘岳為表③。潘云：「可作耳，要當得君意。」樂為述己所以為讓，標位二百許語④，潘直取錯綜⑤，便成名筆。時人咸云：「若樂不假潘之文⑥，潘不取樂之旨⑦，則無以成斯矣。」

（《文學》）

【說文解字】

① 樂令：即樂廣，參見「刻畫無鹽」條註④。　清言：即清談。

② 手筆：撰寫散文。

③ 潘岳（247～300）：字安仁，晉滎陽中牟（今河南鶴壁西）人。曾任著作郎、黃門侍郎等職。著名詩人、文學家。　表：上呈皇帝的奏章。

④ 標位：揭示，闡釋。

⑤ 錯綜：組織，整理。

⑥ 假：借助。

⑦ 旨：旨意，立意。

【白話輕鬆讀】

樂令擅長清談，卻不善於寫文章。他想辭去河南尹的職位，便請潘岳代筆寫奏章。潘岳說：「我可以寫，但必須知道您的想法。」樂令便向他說明自己讓位的原因，用二百多句話來加以解釋。潘岳直接把他說的話拿來重新組織、編排一下，便寫成了一篇著名的散文。當時人們都說：「如果樂令不借助潘岳的文辭，潘岳不採用樂令的立意，就不可能有這樣漂亮的文章。」

經典延伸讀

太叔廣甚辯給①，而摯仲治長於翰墨②，俱為列卿③。每至公坐，廣談，仲治不能對；退，著筆難廣④，廣又不能答。

（《文學》）

【説文解字】

①太叔廣（?～304）：字季思，晉東平（今山東東平縣）人。晉武帝時為博士。　辯給：善於言辭，口齒伶俐。

②摯仲治（?～311）：名虞，晉長安（今陝西西安長安區西北）人。著名作家、文學批評家。　翰墨：筆墨，這裏指寫文章。

③列卿：朝中公卿。卿是古代朝廷的高級官員。

④著筆：撰寫散文。六朝人稱無韻之文為筆。

【白話輕鬆讀】

太叔廣非常善於辯論，而摯仲治卻擅長寫作，兩人都是朝中的公卿。每當公坐聚會之時，太叔廣談論，仲治不能回答；仲治回去將自己的觀點寫成文章來反駁他，太叔廣也不能回答。

多思考一點

有的人能說，但不能寫；有的人能寫，但不會說；而既能寫，又能說的人，從古至今都是比較少的。人的能力各有高下，人們擅長的領域也各不相同。人生於世，既要揚長避短，也應取長補短，這樣才能有所成就。

絕妙好辭

魏武嘗過曹娥碑下①，楊脩從②。碑背上見題作「黃絹幼婦，外孫齏臼」八字，魏武謂脩曰：「解不？」答曰：「解。」魏武曰：「卿未可言，待我思之。」行三十里，魏武乃曰：「吾已得。」令脩別記所知。脩曰：「黃絹，色絲也，於字為『絕』；幼婦，少女也，於字為『妙』；外孫，女子也，於字為『好』；齏臼，受辛也③，於字為『辭』：所謂『絕妙好辭』也④。」魏武亦記之，與脩同，乃歎曰：「我才不及卿，乃覺三十里⑤。」

《捷悟》

【說文解字】

① 魏武：魏武帝曹操（155～220），字孟德，小字阿瞞，漢末沛國譙（今安徽亳州）人。著名政治家、詩人。官至丞相、大將軍，封魏王，後被追尊為武皇帝，廟號太祖。 曹娥碑：曹娥（95～108）是東漢時代一個孝女，上虞（今屬浙江）人。父溺死，不得屍，娥時年十四歲，晝夜沿江號哭，十七日後，投江而死。後五日，二屍並出。上虞太守度尚為之立碑，其弟子邯鄲淳撰文，這就是曹娥碑。碑後的題詞，據說是東漢著名學者蔡

邕所書。

②楊脩（175～219）：字德祖，漢末弘農華陰（今陝西華陰縣）人。曾經在曹操手下擔任主簿。為人機敏，富有才學。

③齏臼（粵zai¹kau⁵ 普jījiù）：搗齏用的臼。齏是把菜切碎或搗碎做成的醬菜或醃菜，臼是製作這類東西用的器具。 受辛：「辭」的異體字寫作「辤」。

④絕妙好辭：意思是絕妙、美好的文辭。這裏用的是隱語和拆字法。

⑤覺：同「較」，相差，相距。

【白話輕鬆讀】

魏武帝曾經路過曹娥碑下，楊脩跟隨着他。他們看見碑的背面題着「黃絹幼婦，外孫齏臼」八個字。曹操就對楊脩說：「懂得是甚麼意思嗎？」楊脩回答說：「懂。」魏武帝說：「你不要說出來，等我考慮一下。」走了三十里路，魏武帝才說：「我已經想出結果了。」他叫楊脩把自己所知道的另外記下來。楊脩說：「『黃絹』是有顏色的絲，『色』『絲』合成『絕』字；『幼婦』是少女的意思，『少』『女』合成『妙』字；『外孫』是女兒的兒子，『女』『子』合成『好』字；『齏臼』，是承受辛辣東西的器物，『受』『辛』合成『辤』字：這就是『絕妙好辭』。」曹操也記下了自己思考的結果，和楊脩完全一樣，於是他感歎道：「我的才學不如你，竟然相差三十里。」

經典延伸讀

楊德祖為魏武主簿，時作相國門①，始構榱桷②，魏武自出看，使人題門作「活」字，便去。楊見，即令壞之，既竟，曰：「『門』中『活』，『闊』字，王正嫌門大也。」

（《捷悟》）

【説文解字】

① 相國：官名，為輔佐皇帝執政的朝廷最高行政官員，這裏指相國府。

② 構：建造。 榱桷（粵 ceoi¹ gok³ 普 cuījué）：椽子，屋椽，這裏是指門楣。

【白話輕鬆讀】

楊德祖擔任魏武帝的主簿，當時正建相國府的大門，剛剛造好門楣，魏武帝親自出來查看，然後叫人在門上題了個「活」字，就走了。楊德祖一見，立刻叫人把門楣拆了。拆完後，他說：「『門』裏加『活』字，是『闊』字。魏王正是嫌門太寬了。」

多思考一點

楊脩迅速地破解了曹娥碑後的題詞，並知曉了魏武帝命人在門上題寫「活」字的用意，確實表現出了過人的智慧。這樣的智慧在魏晉時代是特別受人稱道的。曹操雖然沒有像楊脩那樣反應敏捷，但是，他那種獨立思考的精神很值得我們學習。同時，他又肯定了楊脩的才華高於自己，也突出表現了一位大政治家的胸襟、氣度。

善解馬性

王武子善解馬性①。嘗乘一馬，著連錢障泥②，前有水，終日不肯渡。王云：「此必是惜障泥。」使人解去，便徑渡。

《術解》

【說文解字】

① 王武子：王濟（240？～285？），字武子，晉太原晉陽（今山西太原）人。著名玄學家，善解馬性。曾任中書郎等職。晉武帝司馬炎的女婿。

② 著：佩帶。連錢障泥：帶有錢紋花飾的馬鞍墊，下垂至馬腹，用來遮擋塵土。

【白話輕鬆讀】

王武子善於分析馬的脾性。他曾經騎過一匹馬，佩帶有錢紋花飾的馬鞍墊。前面有一條河，這匹馬一整天也不肯渡過去。王武子說：「這一定是馬珍惜那馬鞍墊子。」使人解下墊子，馬就徑直渡過去了。

經典延伸讀

武子性愛馬，亦甚別之。故杜預道王武子有馬癖①，和長輿有錢癖②。武帝問杜預：「卿有何癖？」對曰：「臣有《左傳》癖③。」

（劉孝標注引《語林》）

【說文解字】

①杜預（222～284）：字元凱，晉京兆杜陵（今陝西長安東南）人。歷任鎮南大將軍等職。著名學者，尤其精通《左傳》，著有《春秋經傳集解》一書。

②和長輿：和嶠，字長輿，晉汝南西平（今河南舞陽東南）人。曾任光祿大夫等職。家中極為富庶，但性格吝嗇，以此獲譏於世。

③《左傳》：即《春秋左氏傳》，「《春秋》三傳」之一。傳為春秋時代魯國史家左丘明所著。

【白話輕鬆讀】

王武子的性情喜歡馬，也特別善於分辨不同種類的馬。所以杜預說王武子有馬癖，和長輿有錢癖。晉武帝問杜預：「你有甚麼癖？」他回答說：「我有《左傳》癖。」

多思考一點

王武子善解馬性，令人叫絕。每個人都有自己的癖好，而這種個性化的癖好往往也就是個人的專長。因此，培養和發展良好的癖好，對個人對社會都是有益的。

傳神阿堵

顧長康畫人①，或數年不點目精②。人問其故，顧曰：「四體妍蚩③，本無關於妙處，傳神寫照④，正在阿堵中⑤。」

（《巧藝》）

【說文解字】

① 顧長康：即顧愷之，參見「咄咄逼人」條註③。

② 目精：眼珠子。

③ 妍蚩（粵 ci^{1} 普 chī）：同「妍媸」，美醜。

④ 傳神：表現出人物的精神、風采。寫照：摹寫，摩畫。

⑤ 阿堵：這個，指眼珠。

【白話輕鬆讀】

顧長康畫人，有的好幾年也不點眼珠。有人問他這是何緣故，他說：「四體的美醜，本與妙處無關，而傳神寫照，正在此中。」

經典延伸讀

顧長康畫裴叔則①，頰上益三毛②。人問其故，顧曰：「裴楷俊朗有識具③，正此是其識具。」看畫者尋之，定覺益三毛如有神明④，殊勝未安時。

（《巧藝》）

【說文解字】

① 裴叔則：裴楷（237～291），字叔則，晉河東聞喜（今山西聞喜）人。著名學者。曾任開府儀同三司等職。

② 益：增加。

③ 俊朗：俊秀開朗。識具：見識與才學。

④ 神明：神情，氣韻。

【白話輕鬆讀】

顧長康畫裴叔則，在臉頰上多畫了三根鬍子。有人問他是為甚麼，顧長康說：「裴楷俊秀開朗，富有見識與才學，這恰好表現了他的這種特點。」所以看畫的人尋味此幅畫像，一定會覺得增加了三根鬍子好像更有精神，遠遠勝過沒有添上的時候。

多思考一點

眼睛是心靈的窗戶。把握了人的眼睛，也就把握了人的精神世界。顧愷之關於為人物傳神寫照的理論是非常深刻的。畫家畫人，既要重視形似，更要重視神似，有時為了突出人物的精神，可以適當採取虛構的藝術方式。所以，顧愷之為表現裴叔則的見識和才學，就在他的臉上增加了三根鬍鬚，而不必拘泥於他是否真有這樣的鬍鬚。因為藝術的真實雖然來自生活的真實，但總是要高於生活的真實的。

灑脱

支公縱鶴

支公好鶴①，住剡東岇山②。有人遺其雙鶴③，少時翅長欲飛，支意惜之，乃鎩其翮④。鶴軒翥不復能飛⑤，乃反顧翅，垂頭，視之如有懊喪意。林曰：「既有凌霄之姿⑥，何肯為人作耳目近玩！」養令翮成，置使飛去。

（《言語》）

【說文解字】

① 支公：支遁，字道林。東晉名僧。曾隱居支硎（粵jing^{4} 普xíng）山，世稱支公，又稱林公。

② 剡：剡縣（今浙江嵊州），東晉時屬會稽郡。 岇（粵ngong^{4} 普áng）山：山名。

③ 遺：贈送。

④ 鎩（粵saat^{3} 普shā）：摧殘。 翮（粵hat^{6} 普hé）：羽毛中間的硬管，這裏用來指翅膀上的羽毛。

⑤ 軒翥（粵zyu^{3} 普zhù）：振翅高飛的樣子。

⑥ 姿：通「資」，資質，稟賦。

【白話輕鬆讀】

支公喜歡鶴，住在剡縣東面的山上。有人送給他一對雛鶴。不久，鶴翅膀長成，將要飛了，支道林心裏眷戀牠們，就傷了牠們的翅羽。鶴振動着翅膀，但是不再能飛起來了，便回過頭來看着翅膀，低垂着頭，看上去好像頗有懊喪的意思。支公說：「既然有直沖雲霄的資質，又怎麼願意在人身邊當玩物呢！」於是把牠們餵養到翅膀再長起來的時候，就放飛了。

經典延伸讀

澤雉雖饑①，不願園林。安能服御②，勞形苦心。身貴名賤，榮辱何在？貴得肆志③，縱心無悔。

（三國・魏・嵇康《兄秀才公穆入軍贈詩》十九首其十九，《嵇中散集》卷一）

【說文解字】

① 澤：沼澤濕地。 雉（粵zi6 普zhì）：野雞。

② 服御：服務，為人所用。

③ 肆志：放縱自己的心志，下句的「縱心」與此意思相同。

【白話輕鬆讀】

沼澤中的野雞雖然常常捱餓，但是牠也不願住在園林之中。豈能為他人利用，使自己身心交瘁？人生以自身為貴，而名分是不足稱道的，榮耀與恥辱究竟在哪裏？而最寶貴的是能夠舒展自己的心志，在心靈的自我追求中無怨無悔。

多思考一點

支公縱鶴的故事體現了對自由的追求。惟其有這樣的追求，才能推己及物，表現出偉大的人道主義情懷。在本篇中，鶴的美麗與鶴主的高雅相映生輝，而自然之物與人共同構成了一個自然的也是文化的自由勝境，令人久久難忘。而著名詩人嵇康歌詠「澤雉」，也以同樣的生命情調唱出了一曲自由的頌歌！

廣陵散絕

嵇中散臨刑東市①，神氣不變，索琴彈之，奏《廣陵散》②。曲終，曰：「袁孝尼嘗請學此散③，吾靳固不與④，《廣陵散》於今絕矣！」太學生三千人上書⑤，請以為師，不許。文王亦尋悔焉⑥。

（《雅量》）

【說文解字】

① 嵇中散：即嵇康，參見「匿名求學」條「經典延伸讀」註②。東市：漢代在長安東市處決犯人，後因以東市代指刑場。

② 《廣陵散》：琴曲名，嵇康善彈此曲。

③ 袁孝尼：袁准，陳郡陽夏（今河南太康縣）人。為人忠信正直，不恥下問。曾任給事中等職。

④ 靳（粵gan^{3} 普jìn）固：吝惜。

⑤ 太學生：在太學就讀的學生。太學是中央政府設在京城的最高學府，亦稱國學。

⑥ 文王：指司馬昭。昭封晉王，死後謚文王。尋：不久。

【白話輕鬆讀】

嵇中散臨刑於東市，神氣不變，他索琴而彈，演奏名曲《廣陵散》。彈罷，他說道：「袁孝尼曾經請求學習這曲《廣陵散》，我因吝惜而不肯傳給他，《廣陵散》從今以後就要絕響於世了！」太學生三千人聯名上書，請求拜嵇康為師，朝廷不允。晉文王不久也就後悔了。

經典延伸讀

桓公伏甲設饌①，廣延朝士②，因此欲誅謝安③、王坦之④。王甚遽⑤，問謝曰：「當作何計？」謝神意不變，謂文度曰：「晉祚存亡⑥，在此一行。」相與俱前⑦。王之恐狀，轉見於色；謝之寬容，愈表於貌。望階趨席，方作洛生詠⑧，諷「浩浩洪流⑨」。桓憚其曠遠⑩，乃趣解兵⑪。王、謝舊齊名，於此始判優劣。

（《雅量》）

【說文解字】

① 桓公：即桓溫，參見「天月風景」條「經典延伸讀」註①。桓溫本有篡位的野心，但晉簡文帝死時，遺詔使桓溫輔政，當時桓溫出鎮在外。他認為這是吏部尚書謝安和侍中王坦之的主意，所以入朝後，欲借屯兵新亭之機謀殺謝、王二人。伏甲：埋伏士兵。設饌（粵 zaan6 普 zhuàn）：擺設宴席。

② 延：邀請。

③ 謝安：參見「詠絮之才」條註①。

④ 王坦之（330 ~ 375）：字文度，晉太原晉陽（今山西太原）人。歷任侍中、左衛將軍等職。

⑤ 遽（粵 geoi6 普 jù）：驚恐，慌迫。

⑥ 祚（粵 zou6 普 zuò）：皇位，這裏指國家。

⑦ 俱：一起，一同。

⑧ 方作：通「仿作」，仿效。洛生詠：洛陽書生吟詩的聲調。魏晉時期，洛陽官話是當時的普通話。

⑨ 浩浩洪流：出自嵇康《贈兄秀才入軍詩》，這句詩的下一句是「帶我邦畿」。謝安吟詠的是這兩句詩，意謂浩浩蕩蕩的河流，縈繞、拱衛着我們的京城。

⑩ 憚（粵 daan6 普 dàn）：懼怕。

⑪ 趣（粵 cuk1 普 cù）：通「促」，馬上、立刻。解兵：罷兵。

【白話輕鬆讀】

桓公埋伏甲士，設宴遍請朝中公卿，想借機謀殺謝安和王坦之。王坦之非常恐懼，便問謝安：「我們應該作何打算？」謝安神色不變，對他說：「晉朝國運的存亡，決定於我們此行。」隨後二人一同前往赴宴。王坦之驚恐的狀態，在臉上表現得越來越明顯；而謝安的寬宏大度，在外貌上表現得更加清晰。他徑直步上台階，進入座席，並且模仿洛陽書生吟詩之聲，高誦「浩浩洪流」的詩句。桓溫懼怕他的曠達、深遠，立刻撤走伏兵。原來王坦之和謝安是齊名的，通過這件事人們才分出了他們的高下。

多思考一點

生為一代人傑，嵇康面對死亡，沒有戚戚然的哀情，也沒有惶惶然的驚懼。他帶着對宇宙生命的大徹大悟毅然走向那不可知的幽明世界，神態安詳，儀態從容，既瀟灑又美麗。中古士人的文采風流，在嵇康的身上達到了美的極至！而在死神的陰影之下，隨時都可能魂飛天外。此時此刻，謝安猶能保持從容的儀態、平靜的神色和自如的舉止，並且吟詠着嵇康那氣勢磅礴的詩句。他那曠遠的氣度終於懾服了暗藏殺機的陰謀家！

祖財阮屐

祖士少好財①，阮遙集好屐②，並恒自經營③。同是一累④，而未判其得失⑤。人有詣祖⑥，見料視財物⑦，客至，屏當未盡⑧，餘兩小簏⑨，箸背後⑩，傾身障之⑪，意未能平。或有詣阮，見自吹火蠟屐⑫，因歎曰：「未知一生當箸幾量屐⑬！」神色閑暢⑭。於是勝負始分。

（《雅量》）

【說文解字】

① 祖士少：祖約（?～330），字士少，晉范陽遒縣（今河北淶水東北）人。曾任豫州刺史等職。

② 阮遙集：阮孚（279～327），字遙集，晉陳留尉氏(今河南尉氏縣）人。曾任吏部尚書、廣州刺史等職。　屐（粵 kek^{6} 普 jī）：木屐，木底有齒的鞋子。

③ 恒：總是。

④ 累：毛病。

⑤ 判：分辨，判斷。

⑥ 詣：造訪。

⑦ 料視：料理，照看。

⑧ 屏當：同「摒當」，料理，收拾。

⑨ 小簏（粵 luk^{1} 普 lù）：小竹箱子。

⑩著：同「著」。
⑪障：遮擋。
⑫蠟屐：用蠟塗在木屐上，使之滑潤。
⑬幾量：幾雙。
⑭閑暢：閒適安詳。

【白話輕鬆讀】

祖士少喜歡錢財，阮遙集喜歡木屐，兩人經常都是親自料理。他們的嗜好都是一種毛病，可是人們還不能以此判定兩人的高下。有人到祖士少家，看見他正在收拾、查點財物；客人到了，他還沒有收拾完，剩下兩個小竹箱，他就放在背後，側身擋着，還有點心神不定的樣子。又有人到阮遙集家，看見他親自點火給木屐打蠟，並且還歎息說：「不知這一輩子會穿幾雙木屐！」說話時神態安詳，從容自在。於是兩人的高下才見分曉。

經典延伸讀

古之達人皆有所嗜①：玄晏先生嗜書②，嵇中散嗜琴③，靖節先生嗜酒④，今丞相奇章公嗜石⑤。石，無文無聲，無臭無味，與三物不同，而公嗜之，……公以司徒保厘河洛⑥，治家無珍產，奉身無長物⑦，惟東城置一第⑧，南郭營一墅⑨，精葺宮宇⑩，慎擇賓客，性不苟合，居常寡徒⑪，游息之時⑫，與石為伍。

（唐・白居易《太湖石記》，《唐文萃》卷七一）

【說文解字】

①達人：通達、賢明之士。

②玄晏先生：即皇甫謐，參見「左思作賦」條註⑥。

③嵇中散：即嵇康，參見「匿名求學」條「經典延伸讀」註②。

④靖節先生：即陶淵明（365 或 372 或 376～427），謚號為靖節先生。東晉著名詩人，以田園詩著稱。

⑤奇章公：指牛僧孺（779～847），字思黯，安定鶉觚（今甘肅靈台）人。其祖先在隋朝被封為奇章郡公，故稱奇章公。為唐代名臣之一。與白居易、杜牧等著名詩人多有交往。

⑥保厘：治理百姓，保護扶持使之安定。河洛：指黃河與洛水兩水之間的地區。

⑦長物：多餘的東西。

⑧第：住宅。

⑨墅：別墅。

⑩精葺：精心修葺。

⑪寡徒：人少。

⑫游息：遊覽，止息。

【白話輕鬆讀】

古時通達的人都有自己的嗜好：玄晏先生好書，嵇中散好琴，靖節先生好酒，現在丞相奇章公好石。石是無文無聲、無臭無味的，與以上三物不同，而奇章公偏好它，……奇章公以司徒的身分治理河洛地區，他治家沒有珍貴的財產，奉身亦無多餘之物，只是在東城置辦一處住宅，在南郭營建一座別墅。他精心修葺房屋堂宇，謹慎地選擇賓客，其性不苟合於人，平常居住很少有人在身邊，在遊覽、休憩的時候，常常與石為伍。

多思考一點

晉人推崇超脱、曠達的氣度，所以有一種嗜好，就被看成是一種毛病。但在這個故事裏，人們並不從兩種不同的嗜好出發來品評人物，而是從其心胸的開闊與否來判斷其高下。阮孚「不為外物所累」，不在意他人對自己的關注，所以勝於祖約。至於奇章公篤好無文無聲、無臭無味的石頭，也是其性情之所至。古代的文人逸士往往如此。有品位的人常常都是有所嗜好的。良好的嗜好對人的性情也是一種滋養。

東廂袒腹

郗太傅在京口①，遣門生與王丞相書②，求女婿。丞相語郗信③：「君往東廂，任意選之。」門生歸白郗曰④：「王家諸郎亦皆可嘉，聞來覓婿，咸自矜持⑤，唯有一郎在東牀上坦腹臥⑥，如不聞。」郗公云：「正此好！」訪之，乃是逸少⑦，因嫁女與焉⑧。

（《雅量》）

【說文解字】

① 郗太傅：即郗鑒，參見「郗公名德」條註①。京口：地名，今江蘇鎮江。
② 門生：弟子，門人。王丞相：即王導，參見「天月風景」條「經典延伸讀」註④。
③ 信：使者。
④ 白：稟告。
⑤ 矜持：拘謹。
⑥ 坦：通「袒」，袒露。
⑦ 逸少：即王導的姪子王羲之。
⑧ 與焉：相當於「與之」。

【白話輕鬆讀】

郗太傅在京口，派門生給王丞相送信，想在王家求個女婿。丞相告訴郗家的使者說：「您可以到東廂房去任意挑選。」門生回去稟告郗太傅說：「王家的那些公子還都不錯，聽說來挑女婿，就都矜持起來，只有一位公子在東邊牀上袒胸露腹地躺着，好像甚麼也沒有聽到一樣。」郗公說：「正是這個最好！」後來他訪查此人，才知道原來就是王逸少，便把女兒嫁給了他。

經典延伸讀

過江初，拜官輿飾供饌①。羊曼拜丹陽尹②，客來蚤者③，並得佳設④，日晏漸罄⑤，不復及精，隨客早晚，不問貴賤。羊固拜臨海⑥，竟日皆美供⑦，雖晚至，亦獲盛饌。時論以固之豐華，不如曼之真率。

（《雅量》）

【說文解字】

① 拜官：授予官職。輿飾：輿，都、皆；飾，修飾、整治。饌：食物，酒食。

② 羊曼（274～328）：字祖延，晉泰山南城（今山東費縣西南）人。曾任丹陽尹。

③ 蚤：通「早」。

④ 佳設：盛宴。

⑤ 日晏：日遲，日晚。罄（粵hing^{3} 普qìng）：盡。

⑥ 羊固：字道安，晉泰山南城（今山東費縣西南）人。曾任臨海太守。

⑦ 竟日：全天。美供：精美的酒宴。

【白話輕鬆讀】

西晉王室南渡的初期，新官被授予官職時，都要操辦酒席招待來賓。羊曼出任丹陽尹時，客人來的早的，都能享受到豐盛的酒食。天晚了，準備的東西就少了，也就談不上精美了。所以，他為客人準備酒食只是隨客人來的早晚而有所不同，不管其高低貴賤。羊固出任臨海太守時，全天都有精美的東西。所以即使客人來得很晚，也能享受到豐盛的酒食。當時的輿論認為羊固的豐盛、奢華，比不上羊曼的真誠、直率。

多思考一點

中古士林崇尚真率的為人風格。真，謂誠實不欺；率，指直率無隱。不裝假，不造作，一切發乎自然，這就是真率。莊子說：「真者，精誠之至也。不精不誠，不能動人。故強哭者，雖悲不哀；強怒者，雖嚴不威；強親者，雖哭不和。真悲無聲而哀，真怒未發而威，真親未笑而和。真在內者，神動於外，是所以貴真也。」（《莊子・漁父》）世界上感人的東西都離不開一個「真」字。王逸少的東廂袒腹，感動郗太傅，以及羊曼的以少勝多、以簡勝繁，其原因正在於此。

謝公圍棋

謝公與人圍棋①，俄而謝玄淮上信至②，看書竟③，默然無言，徐向局④。客問淮上利害，答曰：「小兒輩大破賊。」意色舉止⑤，不異於常。

《雅量》

【說文解字】

① 謝公：即謝安，參見「中年哀樂」條註①。383年，前秦王苻堅興兵南侵，企圖滅晉，屯軍於淮水與淝水之間。東晉朝廷以謝安錄尚書事，征討大都督，謝安令其弟謝石、姪謝玄出兵淝水，一舉擊潰前秦軍隊，史稱淝水之戰。

② 俄而：不久。謝玄：參見「詠絮之才」條「經典延伸讀」註③。淮上：淮水之上，這裏指淝水戰場。信：使者。

③ 竟：完畢。

④ 向局：面向棋局。

⑤ 意色：神色，表情。

【白話輕鬆讀】

謝公與人下圍棋，不久謝玄從淝水戰場上派來的信使到了。謝公看完信，默然無言，慢慢地轉向棋局。客人問他淝水戰場上的情況，他回答說：「孩子們已經大破賊兵了。」言談之間，他的神色、舉止和平時沒甚麼兩樣。

經典延伸讀

謝太傅盤桓東山時①，與孫興公諸人泛海戲②。風起浪湧，孫、王諸人色並遽③，便唱使還④。太傅神情方王⑤，吟嘯不言⑥。舟人以公貌閑意說⑦，猶去不止⑧。既風轉急，浪猛，諸人皆喧動不坐。公徐云：「如此，將無歸⑨？」眾人即承響而回⑩。於是審其量⑪，足以鎮安朝野⑫。

（《雅量》）

【說文解字】

①盤桓：徘徊，流連。 東山：山名，在浙江上虞西南。謝安在出仕之前曾在此隱居，時常與諸名士暢遊山水。

②孫興公：孫綽（314～371），字興公，晉太原中都（今山西平遙縣）人。著名文學家。曾任著作郎等職。 泛海：乘船出海。

③王：指王羲之，參見「中年哀樂」條註①。 遽：緊張。

④唱：提議。

⑤王：通「旺」。

⑥吟嘯：吟詠，吹口哨。

⑦舟人：舟子，划船的人。 說：通「悅」，愉快。

⑧去：向前走。

⑨將無：恐怕，表示揣測而偏於肯定的語氣詞。

⑩承響：應聲。

⑪量：氣度，氣量。

⑫鎮安：安定。

【白話輕鬆讀】

謝太傅流連於東山時，時常和孫興公等人乘船到海上遊玩。有一次乘船，忽然風起浪湧，孫興公、王羲之等人都不禁緊張起來，便提議返回岸上。而謝太傅這時神情正興奮，又高吟又發嘯，不說回去。船夫因為謝公神態安閒，心情愉悅，便仍然不斷地搖船向大海深處行進。過了不久，風勢轉急，浪頭更猛，大家都喧鬧、騷動起來，再也不敢安坐了。這時謝公慢條斯理地說：「既然如此，恐怕該回去了吧？」大家立即回應而回。由此人們審度謝安的氣量，一致認為他足以鎮撫朝廷內外。

多思考一點

謝安是東晉時代的著名政治家。在他掌握朝廷大權的升遷過程中，他面臨着許多重大的危機。他總是保持絕對的從容鎮定——一種被《世說新語》稱為「雅量」的品格，即在每一種險峻的形勢中，他都能吟詩不絕或者弈棋不輟，彷彿甚麼也沒有發生一樣。能夠以平恬的態度迎接突發的危險固然令人敬佩，而主動去尋覓險境，體驗險境，並且以險為樂，以險為美，就更加難能可貴。在這個故事中，烈烈狂飆，滔滔碧海，雄渾而壯美，謝公沉醉於這美好、動人的大自然中，吟嘯無言，視險如夷，其胸懷之放曠、氣度之宏偉，令人想見「東臨碣石，以觀滄海」（《步出夏門行・觀滄海》，《全魏詩》卷一）的魏武帝。

菰羹鱸膾

張季鷹辟齊王東曹掾①，在洛②，見秋風起，因思吳中菰菜羹、鱸魚膾③，曰：「人生貴得適意爾④，何能羈宦數千里以要名爵⑤？」遂命駕便歸⑥。俄而齊王敗，時人皆謂為見機⑦。

（《識鑒》）

【說文解字】

① 張季鷹：參見「人琴俱亡」條「經典延伸讀」註②。　辟（粵bik1 普bì）：徵召，招聘。　齊王：司馬冏（粵gwing2 普jiǒng）（?～302），字景治，晉齊獻王司馬攸之子。晉惠帝時任大司馬，輔政，日益驕奢，後被殺。

② 洛：洛陽。

③ 吳中：地名，指今江蘇一帶。　菰菜羹：煮熟的帶汁菰菜，為吳中名菜之一。　鱸魚膾（粵kui2 普kuài）：細切的鱸魚肉，吳中名菜之一。

④ 適意：投合心意。

⑤ 羈宦：離開故園在他鄉為官。

⑥ 命駕：命令御者駕駛車馬出發。

⑦ 見機：事前明察事情變化的細微跡象或動向。

【白話輕鬆讀】

張季鷹被任命為齊王的東曹屬官，當時他在洛陽，看見秋風驟起，便開始思念吳中的菰菜羹和鱸魚膾，並且說道：「人生最可貴的不過是稱心如意，怎麼能遠離故鄉到幾千里地以外做官，來追求名譽和爵位呢！」於是坐上車就還鄉了。不久齊王失敗，當時的人們都認為他有先見之明。

經典延伸讀

江南人作膾名「郎官膾」，言因張翰得名。東坡詩云：「浮世功名食與眠，季鷹真得水中仙。不須更說知機早，只為鱸魚也自賢①。」又《送人歸吳》有詞云②：「更有鱸魚堪切膾。」山谷詩云③：「東歸卻為鱸魚膾，未敢知言許季鷹④。」王荊公詩云⑤：「慷慨秋風起，悲歌不為鱸⑥。」

（宋・陳元靚《歲時廣記》卷三「思蓴鱸」條引《海物異名記》）

【說文解字】

①「浮世」兩句：出自《張翰畫像》一詩，見清・陳焯編《宋元詩會》卷二一。

②《送人歸吳》：這首詞的詞牌子是《烏夜啼》，又題為《寄遠》，見《東坡詞》。

③山谷：黃庭堅（1045～1105），字魯直，號山谷道人，北宋著名詩人，「江西詩派」的代表作家。

④「東歸」兩句：出自《秋冬之間鄂渚絕市無蟹今日偶得數枚吐沫相濡乃可憫笑戲成小詩三首》其三，見《豫章黃先生詩集》卷一一。

⑤王荊公：王安石（1021～1086），字介甫，號荊公，北宋著名文學家、政治家。

⑥「慷慨」兩句：出自《旅思》一詩，見宋・李壁《王荊公詩注》卷二三。

【白話輕鬆讀】

江南人製作的一種膾名叫「郎官膾」，據說是因張翰而得名。蘇東坡的詩說：「浮世功名食與眠，季鷹真得水中仙。不須更說知機早，只為鱸魚也自賢。」他的《送人歸吳》有一句詞說：「更有鱸魚堪切膾。」黃山谷的詩說：「東歸卻為鱸魚膾，未敢知言許季鷹。」而王荊公在詩中寫道：「慷慨秋風起，悲歌不為鱸。」

多思考一點

因思念家鄉的美味而棄官還鄉，這種舉動在中國文人的生活史中是非常罕見的。從表面上看，張翰違背了儒家的縉紳禮儀，但其蔑棄名利、崇尚自由的精神，充分顯示了當時的知識分子對於生活的濃厚熱情和對於自我人格的堅決捍衛，這一點是非常可貴的。

雲中白鶴

公孫度目邴原①：「所謂雲中白鶴，非燕雀之網所能羅也②。」

《賞譽》

【說文解字】

① 公孫度：字升濟，後漢襄平（今遼寧遼陽縣北）人。曾任遼東太守、武威將軍。 目：品題，品評。 邴（粵bing² 普bǐng）原（?～211）：字根矩，東漢朱虛（今山東臨朐縣東）人。三國時在魏國為官，曾任五官將長史，是一位品德高尚的著名學者。邴原曾因避亂而居遼東，受到公孫度的禮遇，後因思鄉心切就離開了那裏。

② 羅：張網捕鳥。

【白話輕鬆讀】

公孫度品評邴原說：「他就是人們所說的雲中白鶴，不是用抓捕燕雀的網所能捕到的。」

經典延伸讀

原字根矩，北海朱虛人。少孤，數歲時，過書舍而泣①。師問曰：「童子何泣也？」原曰：「凡得學者，有親也。一則願其不孤，二則羨其得學，中心感傷，故泣耳。」師惻然曰②：「苟欲學③，不須資也④。」於是就業。長則博覽洽聞⑤，金玉其行⑥。

（劉孝標注引《邴原別傳》）

【說文解字】

① 書舍：學堂。
② 惻然：傷感、同情的樣子。
③ 苟：如果。
④ 資：學費。
⑤ 洽聞：見聞廣博。
⑥ 金玉其行：具有像金玉一樣的美好品行。

【白話輕鬆讀】

邴原字根矩，北海朱虛人。他從小就失去了父親，在年齡還很小的時候，有一次他經過學堂，不禁哭泣起來。老師問他說：「你這孩子為甚麼哭啊？」邴原回答說：「凡是能夠有機會學習的人，是因為他有親人。我一是希望他們不要像我一樣變成沒有父親的孩子，二是羨慕他們得到了學習的機會，所以心中傷感，不覺哭了起來。」老師非常同情地說：「如果你要學習的話，可以不交學費。」於是邴原開始了自己的學業。長大成人後，他博覽群書，無所不知，而且培養了像金玉一樣的美好品行。

多思考一點

魏晉時代的人物品藻，常常使用比喻式的辭令。在這裏，公孫度以翱翔雲天、皎潔如雪的白鶴比喻人格純美、學識淵博的邴原，準確地表達出了這位名士的精神特質，其取喻新穎，富有詩意，令人玩味。

兄弟憂樂

戴安道既厲操東山①，而其兄欲建式遏之功②。謝太傅曰③：「卿兄弟志業④，何其太殊？」戴曰：「下官不堪其憂⑤，家弟不改其樂。」

（《棲逸》）

【說文解字】

① 戴安道：戴逵（326～396），字安道，晉譙（qiáo）郡銍（zhì）縣（今安徽宿縣西南）人。後移居會稽剡縣（今浙江嵊州）。著名藝術家、隱士，具有多方面的造詣。其兄名戴逯。厲操：磨礪節操，指隱居。

② 式遏：語出《詩經・大雅・民勞》「式遏寇虐」，本指遏止強盜的掠暴，泛指抵禦侵略，保衛邊疆。

③ 謝太傅：即謝安，參見「中年哀樂」條註①。

④ 志業：志向，事業。

⑤ 下官：謙詞，下級官吏對上級的自稱，猶言卑職。

【白話輕鬆讀】

戴安道在東山歸隱了，而他的兄長卻想為國家建立功業。謝太傅對戴逯說：「你們兄弟的志向、事業，為甚麼有這麼大的差別呢？」戴逯說：「下官受不了那種憂苦，家弟卻不能改變那種快樂。」

經典延伸讀

子曰①：「賢哉，回也②！一簞食③，一瓢飲④，在陋巷⑤，人不堪其憂，回也不改其樂。賢哉，回也！」

（宋・蔡節編《論語集說》卷三《公冶長第五》）

【說文解字】

① 子：孔子（前551～前479），名丘，字仲尼。春秋魯國陬邑（今山東曲阜）人。儒家學派的創立者。我國古代偉大的教育家和思想家。

② 回：顏回，孔子著名弟子之一。

③ 簞（粵 daan1 普 dān）：盛糧食用的器皿。

④ 瓢：盛水用的器具。

⑤ 陋巷：破舊的街巷。

【白話輕鬆讀】

孔子說：「賢德呀，顏回！一簞飯，一瓢水，居住在破舊的街巷，他人不堪忍受那種憂苦，顏回卻不改他的快樂。賢德呀，顏回！」

多思考一點

人生的快樂與痛苦都是相對的。一件事對一個人是快樂，對另外一個人也可能就是痛苦，反之亦然。因此，在人生的道路上，人們往往有不同的選擇，這是合情合理、無可厚非的。戴逵喜歡隱居，戴逯卻願意為官；顏回以簞食瓢飲、身居陋巷為樂，他人卻以此為憂。這是由不同的價值觀所決定的。不同的價值觀，都有其存在的價值，只要無害於人就好。

口不言錢

王夷甫雅尚玄遠①，常嫉其婦貪濁②，口未嘗言「錢」字。婦欲試之，令婢以錢繞牀，不得行。夷甫晨起，見錢閡行③，呼婢曰：「舉卻阿堵物④！」

（《規箴》）

【説文解字】

① 王夷甫：王衍（256～311），字夷甫，晉琅邪臨沂（今山東臨沂）人。西晉著名清談家。官職顯赫，位登三公，在西晉後期深有影響。雅尚：雅，素來、一向；尚，崇尚、推崇。玄遠：玄奧幽遠的道理。

② 嫉：憎惡。

③ 閡（粵 hat^{6} 普 hé）：阻礙。

④ 阿堵：這、這個，晉人的口語詞。

【白話輕鬆讀】

王夷甫素來崇尚玄奧之理，常常憎惡他妻子的貪婪、惡濁，他嘴裏從來不說「錢」字。他妻子想要考驗他，就叫丫鬟用錢把他的牀圍起來，讓他難以行走。王夷甫早晨起牀，看見滿地的錢阻礙自己走路，就招呼丫鬟說：「把這些東西給我全部清除！」

經典延伸讀

晉人王衍者口不言錢，而指以為阿堵物。臣竊笑之，以為此乃奸人故為矯亢①，盜虛名於暗世也②。何則？使顏、閔言錢③，不害為君子；盜跖呼阿堵物④，豈免為小人哉？晉人尚清談而廢實務⑤，大抵皆類此矣。

（宋・秦觀《淮海集》卷一五《進策・財用上》）

【說文解字】

① 矯亢：矯，矯情、虛假；亢，高亢、高昂。
② 暗世：黑暗、混亂的社會。
③ 顏、閔：顏淵、閔子騫，孔子的兩個弟子，以德行著稱，春秋時代的賢人。
④ 盜跖（粵 zek^{3} 普 zhí）：春秋時代的大盜，被認為是惡人的代表。
⑤ 清談：一種以探討道家玄學和儒家經義為主要內容，並且講究語言和修辭技巧的學術社交活動。　實務：實際事務。

【白話輕鬆讀】

晉人王衍口不說「錢」字，而用「阿堵物」指稱它。臣下暗中發笑，認為這是邪惡的人故意製造矯情、高亢之舉，在亂世中盜竊虛名。為甚麼這樣說？即使顏淵、閔子騫談「錢」，也並不妨礙他們做君子；盜跖喊「阿堵物」，難道就可以免除當小人嗎？晉人崇尚清談而廢棄了實際的事務，大致都是如此。

多思考一點

王衍口不言錢，確實不近人情。當時許多崇尚玄遠的玄學家以超脫現實相標榜，喜歡書空望遠，不務實際，亂發議論，確實是很不好的；但是，與那些「貪濁」之輩相比，他們的確不失為文化上的「清流」，從這個意義上講，他們又有許多可取的地方。

剡溪訪友

王子猷居山陰①，夜大雪，眠覺，開室命酌酒，四望皎然。因起彷徨，詠左思《招隱詩》②，忽憶戴安道③。時戴在剡④，即便夜乘小船就之。經宿方至，造門不前而返⑤。人問其故，王曰：「吾本乘興而行，興盡而返，何必見戴！」

（《任誕》）

【說文解字】

① 王子猷：即王徽之。　山陰：會稽郡山陰縣（今浙江紹興）。王子猷棄官東歸，隱居於此。

② 左思：參見「左思作賦」條註①。《招隱詩》：左思的代表作之一，描寫隱居的生活，見《昭明文選》卷二二。

③ 戴安道：戴逵，參見「兄弟憂樂」條註①。

④ 剡：剡縣，今浙江嵊州，有剡溪通往山陰。

⑤ 造門：到門。

【白話輕鬆讀】

王子猷隱居在山陰。夜晚下大雪，他睡醒後，打開房門，命僕人拿酒來飲。他四下眺望，一片皎潔，於是起身徘徊，吟誦左思的《招隱詩》。他忽然想起戴安道，當時戴安道住在剡縣，他馬上連夜乘船去拜訪他。船行了一夜才到達目的地，可是到了戴家門口，他沒有進去就返回了。別人問他是何緣故，王子猷說：「我本來是乘着興致去的，興致沒了就返回來，為甚麼一定要見戴安道呢！」

經典延伸讀

王子猷嘗暫寄人空宅住，便令種竹。或問：「暫住何煩爾？」王嘯詠良久①，直指竹曰：「何可一日無此君？」

（《任誕》）

【說文解字】

① 嘯詠：且嘯且詠。

【白話輕鬆讀】

王子猷曾經暫時寄居於別人的空宅，隨即命僕人種竹。有人問他：「暫時寄住，何必找這樣的麻煩？」王子猷一邊吹口哨，一邊吟唱，如此良久，才向前指着竹子說：「怎麼可以一天沒有這位先生呢？」

多思考一點

王子猷對待生活採取了一種任其自然的態度，他熱愛行獵甚於收穫，喜歡旅途勝過喜歡到達終點。所以，王子猷「乘興而行，興盡而返」。換言之，他感興趣的是過程，而不是目的。這是一種玄學化的人生觀。在這種人生觀的支配下，魏晉時期的知識分子常常以唯美主義的態度對待客觀事物，他們不因時間的短暫而放棄對美的欣賞，所以，即使是臨時住到別人的空房子裏，王子猷仍然要與青青的翠竹相依相伴，「何可一日無此君」。這真是達到了愛美的極至！

洛陽道上

潘岳妙有姿容①，好神情。少時挾彈出洛陽道，婦人遇者，莫不連手共縈之②。左太沖絕醜③，亦復效岳遨遊，於是群嫗齊共亂唾之④，委頓而返⑤。

《容止》

【說文解字】

① 潘岳：參見「清言手筆」條註③。

② 縈：圍繞，環繞。

③ 左太沖：即左思，參見「左思作賦」條註①。絕：特別，非常。

④ 嫗（粵 jyu^3 普 yù）：老婦。

⑤ 委頓：委靡，疲憊。

【白話輕鬆讀】

潘岳姿容秀美，風神優雅。在少年時代，他攜帶着彈弓走在洛陽道上，遇到他的婦女常常手拉手地一起圍住他。左太沖非常醜陋，也效仿潘岳遨遊，於是婦女們就一起向他亂吐唾沫，弄得他垂頭喪氣地返回了。

經典延伸讀

王仲祖有好儀形①，每覽鏡自照曰：「王文開那生如馨兒②？」時人謂之達也③。又酷貧，帽敗，自以形美，乃入帽肆④，就帽嫗戲，而得新帽。

（《裴啟語林》一二七）

【說文解字】

① 王仲祖：王濛（309？～347？），晉太原晉陽（今山西太原）人。曾任司徒左長史等職。其父王訥，字文開。儀形：風度，外表。

② 如馨：晉人口語，意為如此、這樣。

③ 達：放達。

④ 帽肆：賣帽子的商店。

【白話輕鬆讀】

王仲祖有美好的容貌和風度，常常對鏡自照說：「王文開怎麼能夠生出這樣一個兒子？」當時的人稱之為放達。他家裏特別貧寒，帽子壞了，他因為自己長得漂亮，就鑽進賣帽子的商店，與賣帽子的老婆婆在一起玩耍，因而得到了一頂新帽。

多思考一點

晉人自覺地追求容止之美，所以美男子和醜男子都去洛陽道上遨遊，而王濛這位孤芳自賞的名士也特別有趣味。他的放達，一方面表現為直接呼喚父親的名字，因為當時的人特重避諱；另一方面表現為對自己容貌的讚美。他以自己的美貌征服了帽店的女主人，獲得「免費贈送」的優待，可見他確實是很有魅力的。

早慧

阿奴勸兄

謝奕作剡令①，有一老翁犯法，謝以醇酒罰之②，乃至過醉而猶未已。太傅時年七八歲③，箸青布絝④，在兄膝邊坐，諫曰⑤：「阿兄，老翁可念⑥，何可作此！」奕於是改容曰：「阿奴欲放去邪⑦？」遂遣之。

（《德行》）

【說文解字】

① 謝奕（？～358）：字無奕，晉陳郡陽夏（今河南太康縣）人。謝安之兄。歷任剡縣縣令、豫州刺史等職。剡：剡縣。令：縣令，主持一縣的行政長官。

② 醇（粵 seon^{4} 普 chún）酒：度數很高的酒。

③ 太傅：指謝安，參見「中年哀樂」條註①。

④ 箸：同「著」，穿着。絝：同「袴（粵 fu^{3} 普 kù）」。

⑤ 諫：勸說。

⑥ 念：憐憫，同情。

⑦ 阿奴：尊長者對卑幼者的昵稱。

【白話輕鬆讀】

謝奕在擔任剡縣縣令的時候，有一位老漢犯了法，謝奕就用醇酒懲罰他，以至酩酊大醉，還不停罰。謝安當時只有七、八歲，穿一條黑布褲，在哥哥膝上坐着，勸說道：「阿哥，老人家多麼可憐，怎麼能這樣對待他！」謝奕的臉色於是就緩和下來，說：「你想把他放走嗎？」就把老人打發走了。

經典延伸讀

張蒼梧是張憑之祖①，嘗語憑父曰：「我不如汝。」憑父未解所以，蒼梧曰：「汝有佳兒。」憑時年數歲，斂手曰②：「阿翁！詎宜以子戲父③？」

（《排調》）

【說文解字】

① 張蒼梧：名鎮，字義遠，三國東吳吳郡（今江蘇蘇州）人。曾任蒼梧太守。 張憑：字長宗。晉吳郡人。曾任太常博士等職。

② 斂手：拱手，表示恭敬。

③ 詎（粵 geoi6 普 jù）：豈，難道。

【白話輕鬆讀】

張蒼梧是張憑的祖父，他曾經對張憑的父親說：「我不如你。」張憑的父親不懂是何緣故，張蒼梧說：「你有個出色的兒子。」當時張憑只有幾歲，拱手說道：「爺爺，怎麼可以用兒子來開父親的玩笑！」

多思考一點

孩子的天性是善良、純真的。謝安對兄長的規勸和張憑對祖父的批評，都足以說明這一點。而相比之下，他們所面對的長輩卻顯得有點「殘酷」和「少禮」了！

孺子論月

徐孺子年九歲①，嘗月下戲，人語之曰：「若令月中無物②，當極明邪③？」徐孺子曰：「不然。譬如人眼中有瞳子，無此必不明。」

（《言語》）

【說文解字】

① 徐孺子：徐稚（97～168），字孺子，東漢豫章南昌（今江西南昌）人。以隱居不仕聞名。

② 物：指人物和事物。我國古代神話傳說，月亮裏有嫦娥、玉兔、寒蟾和桂樹等等。

③ 邪：同「耶」。

【白話輕鬆讀】

徐孺子九歲時，有一次在月光下玩耍，有人對他說：「如果月亮上甚麼都沒有，會更加明亮吧？」徐孺子說：「不是這樣。如同人的眼睛裏有眼珠，沒有這個，一定不會明亮。」

經典延伸讀

無家對寒食①，有淚如金波②。斫卻月中桂③，清光應更多。仳離放紅蕊④，想像嚬青蛾⑤。牛女漫愁思，秋期猶渡河⑥。

（唐・杜甫《一百五日夜對月》⑦，宋・蒲積中編《歲時雜詠》卷一一《寒食上・古詩》）

【説文解字】

① 寒食：節令名，清明前一天（一説清明前兩天）。相傳起於晉文公悼念介之推事，以介之推抱木焚身而死，就確定這一天禁火寒食。

② 金波：形容月光浮動，因亦即指月光。

③ 斫（粵 zoek3 普 zhuó）卻：砍掉。

④ 仳（粵 pei2 普 pǐ）離：別離。舊時特指婦女被遺棄而離去。　紅蕊（粵 jeoi5 普 ruǐ）：紅花。蕊，花苞。

⑤ 嚬（粵 pan4 普 pín）：同「顰」，皺眉。　青蛾：舊時女子用青黛畫的眉。

⑥「牛女」二句：「牛女」，牛郎、織女。這裏描寫的是關於牛郎、織女的神話傳説。

⑦《一百五日夜對月》：杜甫這首詩作於至德二載（757）寒食節，當時詩人身在長安（今陝西西安），正值「安史之亂」。《荊楚歲時記》載：「去冬至一百五日，即有疾風甚雨，謂之寒食。」詩人不説寒食對月，而説一百五日，是由於去年冬至離妻出門，今計算其時日，足見離家之久與念妻之情。

【白話輕鬆讀】

無家之人獨對寒食節，淚水漣漣如同月湧金波。如果砍掉月中的桂樹，皎潔的月光將會更多更多。紅花綻放的時節卻與妻子分離，只能在想像之中緊蹙雙眉。牛郎、織女愁思漫漫，相期金秋渡過銀河。

多思考一點

徐孺子的妙喻閃爍着智慧的光芒，而大詩人杜甫在他的這首懷妻之作中巧妙地化用了《世說》的這個故事。「斫卻月中桂，清光應更多」，這富於想像力的詩句正是「若令月中無物，當極明邪」的同意翻版。皎潔的月光灑遍人寰，照耀着詩人，也照耀着詩人朝思暮想、身在遠方的妻子。最後兩句牛郎和織女七夕相會的神話故事將這首詩推向了高潮，詩人的脈脈深情也融入了明月、秋河之中！

小時了了

孔文舉年十歲①，隨父到洛。時李元禮有盛名②，為司隸校尉③。詣門者④，皆俊才清稱及中表親戚乃通⑤。文舉至門，謂吏曰：「我是李府君親⑥。」既通，前坐。元禮問曰：「君與僕有何親⑦？」對曰：「昔先君仲尼與君先人伯陽有師資之尊⑧，是僕與君奕世為通好也⑨。」元禮及賓客莫不奇之。太中大夫陳韙後至⑩，人以其語語之，韙曰：「小時了了⑪，大未必佳。」文舉曰：「想君小時，必當了了。」韙大踧踖⑫。

（《言語》）

【說文解字】

① 孔文舉：孔融（153～208），字文舉。東漢末魯國（今山東曲阜）人。孔子二十世孫。著名文學家。歷任北海相、少府、太中大夫等職。

② 李元禮：即李膺，參見「一世龍門」條註①。

③ 司隸校尉：官名，掌管監察京師和所屬各郡百官的職權。

④ 詣（粵 ngai6 普 yì）：到。

⑤ 清稱：有名望的人。中表：指與姑、姨、舅子女之間的親戚關係。

⑥ 府君：參見「禮賢下士」條註⑦。

⑦ 僕：我，謙稱。

⑧先君：祖先，與「先人」同意。 仲尼：參見「兄弟憂樂」條「經典延伸讀」註①。 伯陽：老子，姓李，名耳，字伯陽。春秋戰國時代楚苦縣人。著有《老子》（即《道德經》）一書。 師資：師。孔子曾向老子請教過禮制方面的問題。

⑨奕世：累世，世世代代。

⑩太中大夫：官名，掌管論議之事。 陳韙（粵wai^{5} 普wěi）：《三國志》《後漢書》作「陳煒」，生平事跡不詳。

⑪了了：聰明，明白通曉。

⑫踧踖（粵cuk^{1} zik^{1} 普cùjí）：局促不安的樣子。

【白話輕鬆讀】

孔文舉十歲時，隨父親到洛陽。當時李元禮名望很高，擔任司隸校尉。登門拜訪的人，必須是才子、名流和內外親屬，才得以通報。孔文舉來到他家門前，對掌門小吏說：「我是李府君的親戚。」經通報後，文舉入門就坐，元禮問道：「您和我有甚麼親戚關係呢？」他回答說：「古時候我的祖先仲尼曾經拜您的祖先伯陽為師，這樣看來，我和您就是世交而有通家之好了。」李元禮和賓客們對他的答辭沒有不驚奇的。太中大夫陳韙後到，別人就把孔文舉的話告訴他，陳韙說：「小時候聰明伶俐，長大了未必出眾。」文舉應聲說：「您小時候，想必也是很聰明的了。」陳韙聽了，感到非常尷尬。

經典延伸讀

寄字次安①，少聰敏。年數歲，客有造其父②，遇寄於門，嘲曰：「郎子姓虞，必當無智③。」寄應聲曰：「文字不辨，豈得非愚！」客大慚。入謂其父：「此子非常人，文舉之對，不是過也④。」

（《南史》卷六九《虞荔傳》附《虞寄傳》）

【說文解字】

①虞寄：南朝梁代人。好學善屬文，性沖靜。歷任梁宣城王國左常侍等職。父親虞檢曾擔任平北始興王諮議參軍。

②造：造訪，拜訪。

③「郎子」句：「愚」是「虞」同音字，所以客人這樣開玩笑。

④是：此，指虞寄的應對能力。　過：超過。

【白話輕鬆讀】

虞寄字次安，從小就非常聰明。他很小時，有一位客人登門拜訪他的父親，在門口碰到了虞寄，便開玩笑說：「這個小男孩姓虞，肯定沒有智慧。」虞寄應聲回答說：「連文字都分辨不清，難道還不是愚嗎！」客人大為羞慚。進門後對虞寄的父親說：「這個孩子不是一般的人，當年孔文舉的應對也不能超過他呀。」

多思考一點

小孔融從孔子與老子的關係出發，來論證自己與大名人李膺有世代通好之誼，這已經顯示了不凡的智慧；隨後又採取以子之矛攻子之盾的策略，使陳韙無地自容，就更加令人歎服。從現代形式邏輯學的角度看，陳氏所說的「小時了了，大未必佳」是一個判斷句，「小時了了」為其「前件」，「大未必佳」為其「後件」。肯定「前件」，即等於肯定「後件」；孔融說陳氏「想君小時，必當了了」，則「君」之「大未必佳」之意自然見於言外。陳韙作繭自縛，又遭此重創，不僅無力反駁，而且難以脫身了。於是，天才少年孔融的形象便躍然紙上。而被虞寄嘲諷的客人所說的「文舉之對」就是指孔融的這個故事，由此可見，即使到了南朝時代，人們對孔融的才智也仍然是非常推重的。

覆巢之下

孔融被收①，中外惶怖②。時融兒大者九歲，小者八歲，二兒故琢釘戲③，了無遽容④。融謂使者曰：「冀罪止於身⑤，二兒可得全不？」兒徐進曰：「大人豈見覆巢之下⑥，復有完卵乎⑦？」尋亦收至⑧。

（《言語》）

【說文解字】

① 孔融：參見「小時了了」條註①。收：逮捕。孔融於公元 208 年被曹操殺害。

② 中外：指朝廷內外。

③ 琢釘戲：古時的一種兒童遊戲。

④ 遽容：恐懼的表情。

⑤ 冀：希望。

⑥ 大人：對父親的敬稱。

⑦ 完：完整。

⑧ 尋：不久，隨即。

【白話輕鬆讀】

孔融被逮捕，朝廷內外一片驚恐。當時，孔融的兒子大的九歲，小的八歲，兩個孩子依舊玩摔釘子的遊戲，沒有任何恐懼之色。孔融對差役說：「希望罪過由我一個人來承擔，兩個孩子能否保全下來呢？」兒子緩緩地上前說：「父親大人是否看見過在被打翻的鳥巢下面還有完整的鳥蛋呢？」不久，兩個兒子也被逮捕了。

經典延伸讀

王戎七歲①，嘗與諸小兒遊。看道邊李樹多子折枝，諸兒競走取之，唯戎不動。人問之，答曰：「樹在道邊而多子，此必苦李。」取之信然②。

（《雅量》）

【說文解字】

①王戎：參見「聖人之情」條「經典延伸讀」註①。

②信然，確實如此。

【白話輕鬆讀】

王戎七歲時，曾經和小朋友們在一起遊玩。看見道邊的李樹結滿了果實，樹枝都被人折斷了，孩子們爭先恐後，奔過去摘李子，只有王戎一人不動。別人問他為甚麼這樣，他回答說：「李樹長在道邊，果實卻很多，這肯定是苦李。」拿過來一吃，確實如此。

多思考一點

孔融之二子與小王戎都是非常聰明的孩子。惟其聰明，所以他們的表現就與一般孩子迥然不同。在通常的情況下，當危險臨近或者好事來臨時，多數兒童都會馬上表現出驚恐或者驚喜的情緒而難以自抑。但是，這三個孩子卻具有很強的乃至成年人也少有的理性。尤其是孔融之二子，他們面對即將降臨的屠戮之厄，仍然從容地玩遊戲，在生命的餘暉中淋漓盡致地展現他們的天真與純潔，真是催人淚下，令人惋惜。而「覆巢之下，復有完卵乎」這一句深刻、精警的喻辭更表現了兩個孩子的不凡智慧。王戎的聰明之舉也說明，在做一件事情之前，應該認真思考，而不能隨波逐流，盲從他人。

汗與不汗

鍾毓①、鍾會少有令譽②，年十三，魏文帝聞之③，語其父鍾繇曰④：「可令二子來！」於是敕見⑤。毓面有汗，帝曰：「卿面何以汗？」毓對曰：「戰戰惶惶⑥，汗出如漿。」復問會：「卿何以不汗？」對曰：「戰戰慄慄，汗不敢出。」

（《言語》）

【說文解字】

① 鍾毓（yù）（？～263）：字稚叔。鍾繇長子。歷任散騎侍郎、車騎將軍等職。

② 鍾會：參見「匿名求學」條「經典延伸讀」註①。令譽：美好的聲譽。

③ 魏文帝：曹丕（187～226），字子桓，三國魏沛國譙（今安徽亳州）人，曹操次子。公元220年稱帝。

④ 鍾繇（粵 jiu^{4} 普 yáo）（151～230）：字元常，漢末潁川長社（今河南長葛）人。歷任相國等職。著名書法家。

⑤ 敕：命令。

⑥ 戰戰惶惶：害怕得發抖，與「戰戰慄慄（粵 leot^{6} 普 lì）」的意思差不多。

【白話輕鬆讀】

鍾毓、鍾會兄弟倆少年時代就有美好的聲譽，鍾毓十三歲時，魏文帝聽說他們的情況，便對他們的父親鍾繇說：「可以讓兩個兒子來見我！」於是下令接見他們。鍾毓臉上有汗，文帝問道：「你為甚麼出汗？」鍾毓回答道：「戰戰惶惶，汗出如漿。」文帝又問鍾會：「你為甚麼不出汗？」鍾會回答說：「戰戰慄慄，汗不敢出。」

經典延伸讀

鍾毓兄弟小時，值父晝寢，因共偷服藥酒①。其父時覺，且託寐以觀之②。毓拜而後飲，會飲而不拜。既而問毓何以拜，毓曰：「酒以成禮，不敢不拜。」又問會何以不拜，會曰：「偷本非禮，所以不拜。」

（《言語》）

【說文解字】

① 藥酒：魏晉人喜好服用一種中藥散劑「五石散」，服後需借酒力發散藥性。

② 託寐（粵 mei^6 普 mèi）：假裝睡着了。

【白話輕鬆讀】

鍾毓兄弟倆小時，有一次正碰上父親白天睡覺，趁機一起去偷藥酒喝。父親這時已經睡醒了，姑且裝睡以便觀察他們。鍾毓行過禮後才喝酒，鍾會只顧喝酒，而不行禮。過了一會兒，他父親起來問鍾毓為甚麼行禮，鍾毓說：「酒是禮儀用品，所以我不敢不行禮。」又問鍾會為甚麼不行禮，鍾會說：「偷的行為本來就不合於禮，所以我就不行禮。」

多思考一點

鍾氏兄弟的個性有很大差異。對同一問題的理解程度和處理方式也大為不同。他們的言辭幽默風趣，顯示了不凡的智慧。而孩子的真誠、善良和機敏也由此充分展現出來了。

泣與不泣

張玄之①、顧敷是顧和中外孫②，皆少而聰惠，和並知之，而常謂顧勝。親重偏至③，張頗不懨④。于時，張年九歲，顧年七歲。和與俱至寺中。見佛般泥洹像⑤，弟子有泣者⑥，有不泣者。和以問二孫。玄謂：「被親故泣，不被親故不泣。」敷曰：「不然。當由忘情故不泣⑦，不能忘情故泣。」

（《言語》）

【説文解字】

① 張玄之：即張玄，字祖希。東晉人。歷任吏部尚書、吳興太守等職。

② 顧敷：字祖希。東晉人。仕至著作郎。　顧和（285～351）：字君孝，吳郡吳（今江蘇蘇州）人。歷任左光祿大夫、儀同三司、尚書令等職。去世後被追贈為司空。他是東晉名臣之一。中外孫：孫子和外孫。

③ 偏至：偏向。

④ 不懨（粵jim^{1} 普yān）：不平靜，不滿意。

⑤ 般泥洹（粵wun^{4} 普huán）：梵語，即「涅槃（粵nip^{6}pun^{4} 普nièpán）」，佛教所説的超脱煩惱而進入極樂的境界。後來僧人去世也稱為「涅槃」。

⑥ 弟子：指佛的弟子，佛在去世前有諸多弟子

圍繞、侍候。這説明這裏的佛像是一座群體造像。

⑦ 忘情：無動於衷。

【白話輕鬆讀】

張玄之和顧敷是顧和的外孫和孫子，兩人小時候都非常聰明。顧和對他們都很了解，而常常説顧敷略勝一籌，所以就特別偏愛他。玄之對此非常不滿。當時玄之九歲，顧敷七歲。一次，顧和帶他們一同到廟裏去，看見臥佛像，佛祖的弟子有的哭，有的不哭。顧和就問兩個孫子為甚麼會有這種情況。玄之説：「得到佛祖的寵愛就哭，沒有得到寵愛就不哭。」顧敷説：「不對。應該是因為忘情，所以不哭，不能忘情，所以才哭。」

經典延伸讀

庾公嘗入佛圖①，見臥佛②，曰：「此子疲於津梁③。」於時以為名言。

（《言語》）

【説文解字】

① 庾公：即庾亮，參見「割蓆分坐」條「經典延伸讀」註③。佛圖：即寺廟。

② 臥佛：據佛經記載，佛祖釋迦牟尼去世前背痛，故在兩棵樹中間北首側身而臥。這裏指側身而臥的釋迦牟尼像。這是古代常見的佛教藝術造像之一。

③ 津梁：擺渡架橋，比喻佛説法接引，普渡眾生。

【白話輕鬆讀】

庾公曾經進入佛寺，看見臥佛像，説：「這位先生已經為導引眾生而疲憊不堪了。」當時的人都認為這是名言。

多思考一點

在臥佛寺中，兩個孩子各自從自己的境遇出發來回答「一身二任」的老人顧和的提問，解釋佛祖弟子在佛祖臨終之際為何會有不同的表現。相對而言，張玄之語比較膚淺，比較世俗化；而顧敷之語則比較深刻，富於哲理的情思。在六朝時代，人與情的關係，是哲學家們經常討論的話題。他們都有過人的聰明與才智，所以都善於借題發揮，表達個性。而庚公的名言，則視佛祖如同一位誨人不倦的教書先生，雖然他對佛祖說法、導引眾生的辛苦頗有解會，但是，佛祖的神聖光芒卻在他的「名言」裏黯然失色了。這表明當時的知識分子對佛所具有的態度與後來是大不相同的。

家果家禽

梁國楊氏子九歲①，甚聰惠。孔君平詣其父②，父不在，乃呼兒出。為設果，果有楊梅。孔指以示兒曰：「此是君家果。」兒應聲答曰：「未聞孔雀是夫子家禽③。」

（《言語》）

【說文解字】

① 梁國：地名，在今河南商丘以南。

② 孔君平：孔坦，字君平。晉會稽山陰（今浙江紹興）人。少方直，有雅望。歷任廷尉、侍中等職。

③ 夫子：古代對男子的尊稱，用於對稱或他稱。

【白話輕鬆讀】

梁國楊氏有一個九歲的兒子，非常聰明。一次孔君平登門拜訪他的父親，他父親不在，家裏人便叫兒子出來接待。給孔君平擺上水果，水果裏面有楊梅。孔君平指着楊梅給小男孩看，說：「這是你家的果子。」男孩應聲答道：「從沒聽說孔雀是您家的鳥。」

經典延伸讀

（繪）性通悟，出為南康相①，郡人有姓賴，所居名穢里，刺謁繪②，繪戲嘲之曰：「君有何穢，而居穢里？」此人應聲曰：「未審孔丘何闕③，而居闕里④？」繪默然不答，亦無忤意⑤，歎其辯速⑥。

（《南史》卷三九《劉繪傳》）

【說文解字】

① 南康：郡名，晉太康三年（282）設置，治所在今江西於都東北一帶。 相：官職名。

② 刺：名片，這裏指遞上名片。

③ 審：察知，知道。 孔丘：即孔子。 闕：通「缺」，缺點。

④ 闕里：地名，孔子講學的地方，在今山東曲阜。

⑤ 忤（粵 ng5 普 wǔ）意：遭到冒犯的表情。

⑥ 辯速：善辯，口頭反應快。

【白話輕鬆讀】

劉繪性格通朗，悟性好，曾經出任南康相。南康郡裏有一個人姓賴，其居住地名為穢里。一天，此人帶着名片來拜見劉繪，劉繪便開玩笑，嘲弄他說：「您有何污穢，而住在穢里？」這個人應聲回答說：「不知道孔丘有甚麼缺點，而住在闕里？」劉繪默然無語，不僅沒有忤逆之意，反而對他機敏善辯表示欣賞。

多思考一點

楊梅的「楊」和姓楊的「楊」，孔雀的「孔」和姓孔的「孔」，字、音皆相同，所以，楊氏子和孔君平都巧妙地利用了這一點，從而構成一段妙趣橫生的問答。楊氏子的答辭顯然是這個故事的核心。他的聰明、機智和富有才華，由此而躍然紙上。而劉繪與賴先生的問答，與此如出一轍，可謂異曲同工。六朝時代，真是一個洋溢着智慧的時代啊！

齊由齊莊

孫齊由、齊莊二人小時詣庾公①。公問齊由何字。答曰：「字齊由。」公曰：「欲何齊邪？」曰：「齊許由②。」「齊莊何字？」答曰：「字齊莊。」公曰：「欲何齊？」曰：「齊莊周③。」公曰：「何不慕仲尼而慕莊周④？」對曰：「聖人生知⑤，故難企慕⑥。」庾公大喜小兒對。

（《言語》）

【說文解字】

① 孫齊由：孫潛（？～397？），字齊由，晉太原中都（今山西平遙縣）人。孫盛長子。仕至豫章太守。 齊莊：孫放，字齊莊。孫盛次子。仕至長沙王相。 庾公：即庾亮，參見「割蓆分坐」條「經典延伸讀」註③。

② 許由：傳為堯帝時人。隱居於箕（粵 gei¹ 普 jī）山，堯以天下讓之，不受；復請為九州長，許由以為這是污染自己的耳朵，於是洗耳於潁水之濱。世人視之為清隱不仕的楷模。

③ 莊周（約前 369～前 286）：戰國宋蒙（今安徽蒙城）人。曾為漆園吏。相傳楚威王重其名，迎以為相，辭不就。著有《莊子》一書。為道家學派創始人之一。

④ 仲尼：孔子，字仲尼。

⑤ 聖人生知：聖人，指才德最高的人。《論語・季氏》：「生而知之者，上也；學而知之者，次也。」生知，不學而知。孔子是聖人，古人認為他屬於生而知之者。

⑥ 企慕：仰慕。

【白話輕鬆讀】

孫齊由、齊莊兄弟二人，小時候去拜見庾公。庾公問齊由的字是甚麼。回答說：「字齊由。」庾公又問：「想和誰看齊呢？」齊由說：「向許由看齊。」接着又問：「齊莊的字是甚麼？」齊莊回答說：「字齊莊。」庾公問他：「想和誰看齊呢？」齊莊說：「向莊周看齊。」庾公問：「為甚麼不仰慕孔子而仰慕莊周？」齊莊回答說：「聖人生來就知道一切，所以難以企及。」庾公非常喜歡兩個孩子的回答。

經典延伸讀

孫盛為庾公記室參軍①，從獵，將其二兒俱行②。庾公不知，忽於獵場見齊莊，時年七、八歲，庾謂曰：「君亦復來邪？」應聲答曰：「所謂『無小無大，從公於邁③』。」

（《言語》）

【說文解字】

① 孫盛（302？～373）：字安國，晉太原中都（今山西平遙）人。歷任秘書監、給事中等職。著名學者、作家。記室參軍：官名，在將軍幕府中主管文書方面的工作。

② 俱：一同，一起。

③「無小」二句：《詩經・魯頌・泮水》中的兩句詩，意指無論大小臣子，都跟着魯僖公出遊。邁，出行。此詩原意是歌頌魯僖公征伐淮夷取得的勝利以及他的才略和美德。

【白話輕鬆讀】

孫盛擔任庾公記室參軍時，曾經隨他去打獵，同時帶着自己的兩個兒子一同前往。庾公不知此事，忽然在獵場上看見了齊莊，當時這孩子只有七、八歲，庾公便問他說：「你也來了嗎？」齊莊應聲回答說：「正如《詩經》中所說的『無小無大，從公於邁』。」

多思考一點

六朝人的名字，常常與古代的賢人、高士的名字有關。而父輩和祖輩在給子孫命名的時候，也往往寄託了自己的人生理想以及對子孫後代的希望。孫盛二兒的字，反映了當時的世族社會推重隱逸的風氣。他們對自己名字的文化含義是了然於心的，所以能夠很好地回答庾公的提問。六朝知識分子喜歡清談，故當時老莊之學如日麗中天，在這一文化背景下，作為清談名士的庾公當然對齊莊的回答就更為看重一些。然而清談之學非學識深厚者難以窺其門徑，如果在這方面有所造詣，不僅要熟讀老莊之書，還必須通曉儒學典籍。孫齊莊在獵場上的即興賦《詩》，稱引古義，就反映了當時學術界讀書的風氣。

君子病瘧

中朝有小兒①，父病，行乞藥。主人問病，曰：「患瘧也。」主人曰：「尊侯明德君子②，何以病瘧？」答曰：「來病君子，所以為瘧耳。」

（《言語》）

【說文解字】

① 中朝：指西晉。西晉王室及士人南渡後，稱西晉為中朝。

② 尊侯：尊稱對方的父親。明德：美德。語出《大學》：「大學之道，在明明德。」

【白話輕鬆讀】

西晉時，有一個小孩兒，父親病了，他外出討藥。藥店的主人詢問患者的病情，他說：「是患瘧疾。」主人問：「令尊大人是一位品行高潔的君子，怎麼會患瘧疾呢？」小孩兒回答說：「正因為它來禍害君子，所以才是瘧鬼！」

經典延伸讀

瘧鬼小，不能病巨人，故曰壯士不病瘧。晉人曰君子不病瘧，蜀人以痎瘧為奴婢瘧①。

（宋・李石《續博物志》卷一〇）

【說文解字】

① 痎（粵 gaai1 普 jiē）瘧：古書上指一種瘧疾。奴婢瘧：古人傳說為奴僕一類的人患的瘧疾。

【白話輕鬆讀】

瘧鬼長得小，不能使高大的人染病，所以說壯士不得瘧疾。晉人說君子不患瘧疾，四川人把痎瘧當作奴婢患的瘧疾。

多思考一點

古代傳說行瘧的是瘧鬼，瘧鬼形體極小，不敢使賢德之人或高大之人得病，所以藥店的主人才這樣向前來求藥的孩子發問。實際上，這樣提問是有調侃之意的。但是，這個孩子非常聰明，他說：「正因為它來禍害君子，所以才是瘧鬼！」這樣就賦予了世俗間關於瘧鬼的傳說以一種新的意義，同時，也鄭重聲明了自己父親之為「君子」這樣一個確鑿無疑的事實。孩子的機敏、聰慧給人留下了深刻的印象。

無信無禮

陳太丘與友期行①，期日中②，過中不至，太丘舍去，去後乃至。元方時年七歲③，門外戲。客問元方：「尊君在不④？」答曰：「待君久不至，已去。」友人便怒，曰：「非人哉！與人期行，相委而去⑤。」元方曰：「君與家君期日中。日中不至，則是無信；對子罵父，則是無禮。」友人慚，下車引之⑥，元方入門不顧。

（《方正》）

【説文解字】

① 陳太丘：陳寔（粵 sat⁶ 普 shì）（104～187），字仲弓，東漢潁川許昌（今河南許昌）人。曾任太丘長，故人稱「陳太丘」。期行：約定外出。

② 日中：中午。

③ 元方：陳紀，字元方，東漢潁川許昌（今河南許昌）人。陳寔長子。曾任尚書令等職。

④ 尊君：令尊大人。

⑤ 委：扔下。

⑥ 引：拉，扯。

【白話輕鬆讀】

陳太丘和朋友相約一同外出，約定中午出發，可過了中午，朋友還沒有來，陳太丘便不再等他，自己先走了。在他走了以後，那位朋友才趕到。當時陳元方才七歲，正在門外玩耍。客人問元方：「令尊在家嗎？」元方回答說：「他一直在家中等您，可您遲遲不到，所以就先走了。」友人非常生氣，說：「真不是人呀！和別人約好一同外出，卻扔下我不管，自己先走了！」元方說：「您與家父約定中午外出。到了中午您還不來，這是不守信用；對着人家的兒子罵人家的父親，這是沒有禮貌。」友人很慚愧，就下車來拉他。元方退入家門，不再理他。

經典延伸讀

庾太尉風儀偉長①，不輕舉止②，時人皆以為假。亮有大兒數歲③，雅重之質④，便自如此，人知是天性。溫太真嘗隱幔怛之⑤，此兒神色恬然⑥，乃徐跪曰：「君侯何以為此⑦？」論者謂不減亮。蘇峻時遇害⑧。或云：「見阿恭，知元規非假。」

（《雅量》）

【説文解字】

① 庾太尉：即庾亮，字元規，參見「割蓆分坐」條「經典延伸讀」註③。　風儀：風度，儀表。　偉長：偉壯，修長。

② 輕：輕於，輕易。

③ 亮有大兒：庾亮長子名庾彬，小名阿恭。

④ 雅重之質：高雅穩重的氣度。

⑤ 溫太真：溫嶠（288～329），字太真，晉太原祁（今山西祁縣）人。歷任中書令、驃騎將軍等職，封始安郡公。為東晉名臣之一。　幔（粵 maan^6 普 màn）：帷帳。　怛（粵 daat^3 普 dá）：害怕，畏懼。

⑥ 恬然：安靜、平和之狀。

⑦ 君侯：對侯王和地方高級長官的尊稱。

⑧ 蘇峻（？～328）：字子高，晉長廣掖（今山東東部）人。曾任散騎常侍等職。後反叛朝廷，被大將軍陶侃討滅。

【白話輕鬆讀】

庾太尉風儀俊偉，舉止穩重，當時人們都認為這是裝出來的。庾亮長子雖然只有幾歲，但那種高雅、穩重的氣質，自然就是如此，人們知道這是他的天性。溫太真曾經藏在帷帳後面嚇唬他，孩子神色恬然，慢慢地跪下問道：「您為甚麼做這樣的事？」評論者認為他的氣質並不遜色於庾亮。他在蘇峻叛亂時被殺害了。有人説：「看見阿恭，就知道元規不是裝假。」

多思考一點

元方和阿恭都是早熟的孩子，他們的精神、氣質絲毫也不遜色於成年人，能夠捍衛個人的尊嚴，並在日常生活中顯示出穆然清恬的氣度。「見阿恭，知元規非假。」父親的風儀因兒子的優雅而得以證明，俗稱「有其父必有其子」，又說「龍生龍，鳳生鳳」，在晉人看來，這一命題的逆向命題也是可以成立的。顯然，這種審視方式本身就是非常有趣的。

小兒觀虎

魏明帝於宣武場上斷虎爪牙①，縱百姓觀之。王戎七歲②，亦往看。虎承間攀欄而吼③，其聲震地，觀者無不辟易顛仆④，戎湛然不動⑤，了無恐色。

（《雅量》）

【説文解字】

①魏明帝：曹睿（206～239，一說 204～239），三國魏沛國譙（今安徽亳州）人。魏文帝曹丕之子。公元 227 年即位，在位十四年。謚明皇帝。宣武場：即演武場，在洛陽城北。

②王戎：參見「聖人之情」條「經典延伸讀」註①。

③承間：同「乘間」，趁機。

④辟易：驚退。顛仆：跌倒。

⑤湛然：鎮靜的樣子。

【白話輕鬆讀】

魏明帝在宣武場上斷掉老虎的爪牙，任憑百姓觀看。王戎剛剛七歲，也去看。老虎乘機攀住柵欄吼叫，其聲震天動地，觀眾或退避，或跌倒，而王戎卻一動不動，沒有一點懼怕之意。

經典延伸讀

秀之少孤貧①，有志操②。十許歲時，與諸兒戲於前渚③，忽有大蛇來，勢甚猛，莫不顛沛驚呼④。秀之獨不動，眾並異焉。

（梁・沈約《宋書》卷八一《劉秀之傳》）

【說文解字】

①秀之：劉秀之，南朝梁人。

②志操：志向，操守。

③渚：水中的小塊陸地。

④顛沛：跌倒，奔走。

【白話輕鬆讀】

劉秀之從小喪父，非常貧窮，但是他很有志向和操守。十多歲時，他曾經和小夥伴們在前邊水中的小塊陸地上玩耍，忽然來了一條大蛇，勢頭非常兇猛，孩子們紛紛跌倒、驚叫。只有劉秀之動也不動，大家對他的表現都感到驚異。

多思考一點

面對近在咫尺的危險，王戎和劉秀之的表現確實超越了常人。這是他們的天性，也是他們的一種修養。

總角問夢

衛玠總角時①，問樂令夢②，樂云：「是想。」衛曰：「形神所不接而夢，豈是想邪？」樂云：「因也③。未嘗夢乘車入鼠穴，搗齏啖鐵杵④，皆無想無因故也。」衛思「因」，經日不得，遂成病。樂聞，故命駕為剖析之⑤，衛既小差⑥，樂歎曰：「此兒胸中當必無膏肓之疾⑦！」

（《文學》）

【說文解字】

① 衛玠（粵gaai3 普jiè）（287～313）：字叔寶，小字虎，晉河東安邑（今山西運城東北）人。著名玄學家、清談家。曾任太子洗馬等職。 總角：把頭髮梳成抓髻，其狀如角，為古時未成年人的髮式，喻指童年。

② 樂令：參見「刻畫無鹽」條註④。

③ 因：沿襲，模仿。

④ 搗齏（粵zai1 普jī）：把葱、蒜、薑等辛辣之物搗碎醃鹹菜。 啖：吃。 杵（粵cyu5 普chǔ）：舂搗東西用的棍狀工具。

⑤ 命駕：乘車前往。

⑥ 差（粵caai3 普chài）：病癒。

⑦ 膏肓（粵gou1 fong1 普gāohuāng）之疾：指重病，難以治療的病。膏，指心尖脂肪；肓，指心臟與隔膜之間。古人認為這是藥力達不到的地方。

【白話輕鬆讀】

衛玠小時候問樂令做夢是怎麼回事，樂令說是因為心有所想。衛玠說：「身體和精神都不曾接觸過的事物也會在夢中出現，這難道也是心有所想的緣故嗎？」樂令說：「這是因為沿襲過去的經驗。人們不曾夢見坐車進老鼠洞，或者拿着搗碎的菜去餵鐵杵，這都是因為人們通常沒有這樣的想法，沒有這樣可模仿的先例的緣故。」衛玠便成天思考「因」的問題，也得不出答案，因而生了病。樂令聽說這個消息，特意乘車登門為他剖析這個問題。在衛玠的病情稍有好轉之後，樂令感歎說：「這個孩子胸中一定不會得不治之症！」

經典延伸讀

人有問殷中軍①：「何以將得位而夢棺器②，將得財而夢矢穢③？」殷曰：「官本是臭腐，所以將得而夢棺屍；財本是糞土，所以將得而夢穢污。」時人以為名通。

（《文學》）

【說文解字】

①殷中軍：即殷浩，參見「窮猿奔林」條註②。②位：官位，官職。③矢：通「屎」。古人認為，夢境與現實正好相反，故有此問。

【白話輕鬆讀】

有人問殷中軍：「為甚麼將要得到官職就夢見棺材，將要得到錢財就夢見糞便？」殷中軍回答說：「官職本來就是腐臭之物，所以將要得到它時就夢見棺材屍體；錢財本來就是糞土，所以將要得到它時就夢見污穢的東西。」當時的人認為這是名言通論。

多思考一點

衛玠對夢的思索，體現了一種「愛智的熱情」，即對智慧的追求，是極為難能可貴的。而夢的問題，在我國古代社會實際上是受到普遍關注的。對同樣的夢，人們往往有不同的解釋，這與現代心理學對夢的解析也是頗為相似的。

日遠日近

晉明帝數歲①，坐元帝膝上②。有人從長安來③，元帝問洛下消息④，潸然流涕⑤。明帝問何以致泣⑥，具以東渡意告之⑦。因問明帝：「汝意謂長安何如日遠？」答曰：「日遠。不聞人從日邊來，居然可知。」元帝異之。明日，集群臣宴會，告以此意，更重問之。乃答曰：「日近。」元帝失色，曰：「爾何故異昨日之言邪？」答曰：「舉目見日，不見長安。」

（《夙惠》）

【說文解字】

① 晉明帝：即司馬紹。晉元帝司馬睿之子。公元323～326年在位。

② 元帝：即晉元帝司馬睿。公元316年西晉滅亡。次年司馬睿在建康（今江蘇南京）重建政權，是為東晉。在位六年。

③ 長安：古城名，故地在今陝西西安西北。東晉初年，長安已經淪陷於少數民族之手。

④ 洛下：指洛陽，即今河南省洛陽市，西晉首都。

⑤ 潸（粵 saan^{1} 普 shān）然：淚流滿面的樣子。

⑥ 致泣：導致哭泣。

⑦ 具：詳細。　東渡：參見「郗公名德」條註⑤。

【白話輕鬆讀】

晉明帝才幾歲，坐在晉元帝膝上。有人從長安來，元帝詢問洛陽的情況，不覺潸然淚下。明帝問他為甚麼哭泣，元帝就把東渡之意詳細地告訴了他，於是問明帝：「你認為長安和太陽相比，哪個更遠？」明帝回答說：「太陽遠。沒聽說過有人從太陽邊上來，由此可以推知。」元帝對孩子的話感到非常驚奇。次日，元帝召集群臣宴會，就把這件事告訴了大家，並且就同一個問題重新向明帝提問，然而明帝卻回答說：「太陽近。」元帝大驚失色，問道：「你今天說的話為甚麼和昨天說的話不一樣呢？」明帝回答說：「現在抬起頭就能看見太陽，卻看不見長安。」

經典延伸讀

孔子東遊，見兩小兒辯鬥①，問其故，一兒曰：「我以日始出時去人近，而日中時遠也。」一兒以日初出遠，而日中時近也。一兒曰：「日初出，大如車蓋；及日中，則如盤盂②。此不為遠者小，而近者大乎？」一兒曰：「日初出，滄滄涼涼；及其日中，如探湯。此不為近者熱，而遠者涼乎？」孔子不能決也。兩小兒笑曰：「孰為汝多知乎③？」

（《列子》卷五《湯問第五》）

【說文解字】

①辯鬥：激烈地辯論，打嘴仗。

②盤盂（粵jyu⁴ 普yú）：盛食物用的器皿。

③孰：誰。 知：通「智」，智慧。

【白話輕鬆讀】

孔子東遊，看見兩個小男孩正在激烈地辯論，就問他們是何緣故，一個男孩說：「我認為太陽剛出來時離人近，而中午時離人遠。」另一個男孩則認為太陽剛出來時離人遠，而中午時離人近。一個男孩說：「太陽剛出時，大如車蓋；到中午時，就像盤盂一樣。這不是離人遠時小，而離人近時大嗎？」另一個男孩說：「太陽剛出時，滄滄涼涼的；到中午時，熱得就像伸手去摸開水一樣。這不是離人近時熱，而離人遠時涼嗎？」對他們的觀點，孔子也不能判斷孰是孰非。這兩個小男孩嘲笑道：「誰說你知識淵博呢？」

多思考一點

語言是思維的工具，語言能夠反映一個人思維乃至心理以及其他方面的成熟程度。本篇即通過對事物的深刻理解和卓越的言語表達，突出表現了一個皇家孩童晉明帝的聰穎和智慧。作品篇幅雖短，而波瀾起伏，同時由於作者善於剪裁，更造成了餘味無窮的藝術效果。本篇的時代背景與新亭對泣的故事是相同的。晉元帝向洛陽來人詢問那裏的消息，並且潸然流涕，其愴懷故國之情動人心魄。太陽雖遠，而舉目可見，長安雖近，卻不在望中。對晉明帝這樣一個孩子而言，這是實情實景，但此語一出，卻足以震撼東渡君臣的心靈：對於他們這些偏安一隅的人來說，長安確實是比太陽還要遙遠。於是，故國的淪亡，山河的破碎，東渡的慘痛，前途的暗淡，也都盡在不言中了。而《列子》所記述的兩小兒辯論太陽遠近的故事，也生動地反映了古代兒童的智慧，足以與本篇相映成趣。

個性

蘭摧玉折

毛伯成既負其才氣①，常稱：「寧為蘭摧玉折②，不作蕭敷艾榮③。」

《言語》

【說文解字】

① 毛伯成：毛玄，字伯成，東晉潁川（治所在今河南禹縣）人。曾任征西行軍參軍。

② 蘭：蘭草。

③ 蕭：艾（粵 ngaai^{6} 普 ài）蒿，蒿類植物。 敷：花開。 榮：草開花。

【白話輕鬆讀】

毛伯成以才氣自負，經常聲稱：「寧願像蘭草那樣被摧敗，像美玉那樣被折斷，也不願像艾蒿一樣開花、繁茂。」

經典延伸讀

桓公臥語曰①：「作此寂寂②，將為文③、景所笑④。」既而屈起⑤，坐，曰：「既不能流芳後世，亦不足復遺臭萬載耶？」

（《尤悔》）

【說文解字】

① 桓公：即桓溫。參見「天月風景」條「經典延伸讀」註釋①。

② 寂寂：無所作為。

③ 文：指晉文帝司馬昭。

④ 景：指晉景帝司馬師。文、景二人都曾廢舊主，立新君，為子孫篡位打下了基礎。

⑤ 屈起：同「崛起」，坐起。

【白話輕鬆讀】

桓公臥在牀上說道：「如此默默無聞，將會被文帝和景帝所恥笑。」接着猛然坐起來說：「既然不能流芳百世，難道還不能遺臭萬年嗎？」

多思考一點

毛伯成是一個崇尚氣節的人，他追求「蘭」「玉」一般優雅、高潔的道德，而鄙薄艾蒿式的滋生、繁榮。對他來說，生活中的一切，都是個人選擇的結果。桓溫不願碌碌無為，但是，如何去建功立業以及建立怎樣的功業，對他都是無所謂的。只要能夠留名後世，只要能夠與眾不同，就可以不擇手段地去做。本篇以夫子自道的方式刻畫了他們的性格。

竹馬之好

諸葛靚後入晉①，除大司馬②，召不起③，以與晉室有仇④，常背洛水而坐⑤。與武帝有舊⑥，帝欲見之而無由⑦，乃請諸葛妃呼靚⑧。既來，帝就太妃間相見。禮畢，酒酣，帝曰：「卿故復憶竹馬之好不⑨？」靚曰：「臣不能吞炭漆身⑩，今日復睹聖顏。」因涕泗百行。帝於是慚悔而出。

《方正》

【說文解字】

① 諸葛靚（粵zing6 普jìng）（？～258）：字仲思，三國魏陽都（今山東沂水）人。諸葛誕少子。雅正有才能名望。曾在吳國做官，為右將軍、大司馬。吳亡後，辭官歸里，終身不仕。

② 除：授官。

③ 召：徵召。

④ 與晉室有仇：諸葛靚的父親諸葛誕被晉武帝的父親司馬昭殺害。

⑤ 背洛水而坐：洛水指洛河，在洛陽之南，故洛水的方向代表着西晉朝廷的方向，諸葛靚在辭官歸鄉後，終身不向朝廷所在的方向坐着。

⑥ 武帝：即晉武帝司馬炎。 有舊：有老交情。

⑦ 由：緣由，理由。

⑧ 諸葛妃：指司馬懿的兒子琅邪王司馬伷（粵 zau^6 普 zhòu）的妃子，她是晉武帝的嬸母，諸葛誕的女兒，諸葛靚的姐姐。

⑨ 竹馬之好：比喻兒童時代的交情。竹馬是古代的一種兒童遊戲，以竹竿當馬，稱為竹馬。

⑩ 吞炭漆身：比喻忍辱含垢，矢志復仇。參見本條「經典延伸讀」。

【白話輕鬆讀】

諸葛靚後來入晉，被任命為大司馬，朝廷徵召他為官，他卻不肯應召赴任。因為和晉室有仇，常常背對洛水而坐。過去晉武帝和他有交情，想見他而又找不到理由。於是，武帝就請諸葛妃招呼諸葛靚入宮。然後，武帝在太妃房間與他見面。他們彼此行禮後，就喝酒，痛快淋漓，武帝說：「你還記得我們小時候的交情嗎？」諸葛靚說：「為臣不能吞炭漆身，今天又見到了聖上的尊顏。」接着，他淚雨滂沱。武帝於是懷着慚愧、懊悔的心情離開了。

經典延伸讀

豫讓遁逃山中①，曰：「嗟乎！士為知己者死，女為說己者容②。今智伯知我③，我必為報仇而死，以報智伯，則吾魂魄不愧矣。」……漆身為厲④，吞炭為啞，使形狀不可知。行乞於市⑤，其妻不識也。

（漢・司馬遷《史記》卷八六《刺客列傳》）

【說文解字】

① 豫讓：春秋時晉國人。當時，韓、趙、魏三家攻殺智伯。豫讓為智伯客，為報答主人的知遇之恩，乃吞嚥木炭，漆塗身體，改變音容以刺殺晉國卿趙襄子，事敗而死。遁逃：逃亡。

② 說：通「悅」，喜歡，欣賞。

③ 智伯：春秋時代晉國的一個卿。

④ 厲：癩瘡。

⑤ 行乞：討飯。

【白話輕鬆讀】

豫讓逃亡到山中，說：「哎！士人為知己者死，女子為悅己者容。今智伯對我有知遇之恩，我一定為他復仇而死以報答他，這樣我的靈魂就不慚愧了。」……他用漆塗身，使身上長癩瘡，以改變形貌；又吞嚥木炭破壞嗓子，使自己的聲音變得沙啞。這樣，使別人不認識自己的容貌。豫讓在街上討飯，連他妻子也不認識他。

多思考一點

諸葛靚背洛水而坐和豫讓吞炭漆身，為主復仇，都表現了一種震撼人心的精神，那就是面對強者，不屈不撓，寧折不彎，受恩不忘，忠誠無私。而相比之下，諸葛靚的心態更為複雜：一方面是對司馬昭的仇恨，另一方面是對自己童年時代與司馬炎結下的美好情誼的眷戀。痛苦和幸福的交織，淒慘與歡欣的凝聚，構成了諸葛靚的複雜心態。

自我周旋

桓公少與殷侯齊名①，常有競心②。桓問殷：「卿何如我？」殷云：「我與我周旋久③，寧作我。」

《品藻》

【說文解字】

① 桓公：即桓溫。殷侯：即殷浩。
② 競心：競爭之心。
③ 周旋：來往，交往。

【白話輕鬆讀】

桓公年輕時和殷侯齊名，所以常常懷有競爭之心。桓公問殷侯：「你與我相比，如何？」殷侯回答說：「我和我自己打交道已經很久，寧願作我。」

經典延伸讀

殷仲堪曰①：「我與我周旋久，寧作我！」宜春黃元瑜取以名其亭曰「我我」②，為賦詩一首③。

（清・姚之駰《元明事類抄》卷二九引《揭徯斯集》「我我亭」條）

【說文解字】

① 殷仲堪：當作「殷浩」，這裏是誤引。關於殷仲堪，參見「士人之常」條註①。

② 黃元瑜：宜春人，元代學者、詩人。

③ 賦詩一首：黃元瑜的《我我亭詩》，見《元詩選》初集卷三〇。

【白話輕鬆讀】

殷仲堪說：「我和我自己打交道已經很久，寧願作我。」宜春人黃元瑜吸取這句話來命名他的亭子，叫做「我我亭」，並且為它賦詩一首。

多思考一點

未經省察的人生沒有價值。因為人類不同於動物，人不僅具有一切生物式的本能，而且要不斷地探究自身的存在，在人生存的每時每刻都要審視自身的生存狀況。人類生活的真正價值，就存在於這種審視中。魏晉時代的知識分子對人生的真諦進行了深刻的省察，他們的目光由外在的功利事物轉向自己的內心世界，因而發現了自我的價值，所謂「我與我周旋久，寧作我」，這種自信的態度和率真的風格使他們創寫了中國文人生活史上的一個璀璨篇章。元代詩人黃元瑜也受到了這種自我主義思潮的薰染，所以將他的亭子命名為「我我亭」。

藍田性急

王藍田性急①。嘗食雞子，以箸刺之②，不得，便大怒，舉以擲地。雞子於地圓轉未止，仍下地以屐齒蹍之③，又不得。瞋甚，復於地取內口中④，齧破即吐之⑤。

（《忿狷》）

【說文解字】

① 王藍田：王述（303～368），晉太原晉陽（今山西太原）人。襲父爵為藍田侯，故人稱王藍田。曾任尚書令等職。

② 箸：筷子。

③ 蹍：踩，踏。

④ 內：同「納」。

⑤ 齧（粵 jit6 普 niè）：咬。

【白話輕鬆讀】

王藍田性子很急。一次吃雞蛋，他用筷子去戳它，沒有得手，就大怒不止，舉起雞蛋就扔到了地上。雞蛋在地上滴溜溜轉個不停，他就下地用木屐的齒去踩它，結果又沒有踩到。他氣極了，便又從地上撿起來放進嘴裏，咬破就吐掉了。

經典延伸讀

謝無奕性粗強①，以事不相得②，自往數王藍田③，肆言極罵④。王正色面壁不敢動。半日，謝去，良久，轉頭問左右小吏曰：「去未？」答云：「已去。」然後復坐。時人歎其性急而能有所容。

（《忿狷》）

【說文解字】

① 謝無奕：謝奕（？～358），字無奕，晉陳郡陽夏（今河南太康縣）人。謝安之兄。曾任安西將軍等職。粗強：浮躁，倔強。

② 不相得：合不來。

③ 數：數落，責備。

④ 極罵：大罵。

【白話輕鬆讀】

謝無奕性情浮躁、倔強。因為一件事合不來，便親自前去數落王藍田，開口大罵。王藍田表情嚴肅地面對着牆壁，動也不敢動。過了半天，謝無奕已經走了許久，他才轉過頭問左右的小吏說：「走了沒有？」小吏回答說：「已經走了。」然後才重新落座。當時的人都讚賞他雖然性情急躁，卻能寬容他人。

多思考一點

能夠忍受別人施加給自己的不公正待遇甚至人格上的污辱，這是一種很好的人格修養。這種修養不是每個人都具有的。忍，不僅不意味着軟弱，而恰恰顯示了剛毅、堅強和耐力。魏晉名士注重自我的修煉，所以「忍」的精神在他們的身上常常表現得格外突出。王藍田本是一個性急的人，但他又特別能忍。從這裏我們可以看出，人的稟性往往是多層面的，而後天的學習和培養對個人的性情也是十分重要的。

名可斷瘧

桓石虔①，司空豁之長庶也②，小字鎮惡。年十七八，未被舉，而童隸已呼為「鎮惡郎」③。嘗住宣武齋頭④。從征枋頭⑤，車騎沖沒陳⑥，左右莫能先救。宣武謂曰：「汝叔落賊，汝知不？」石虔聞之，氣甚奮，命朱辟為副⑦，策馬於數萬眾中⑧，莫有抗者⑨，徑致沖還，三軍歎服。河朔後以其名斷瘧⑩。

《豪爽》

【說文解字】

① 桓石虔：桓豁之子。桓豁是桓溫的弟弟，曾任征西大將軍等職。

② 長庶：妾所生的長子。

③ 童隸：指奴僕。

④ 宣武：即桓溫。齋頭：書房。

⑤ 枋（粵fong1 普fāng）頭：地名。在今河南浚縣西南淇門渡，古稱淇水口。晉海西公太和四年（369），桓溫率軍北伐燕國，一直打到枋頭，結果戰敗，史稱「枋頭之役」。

⑥ 車騎沖：即桓沖（328～384），字幼子，晉譙國龍亢（今安徽懷遠西北）人。曾任車騎將軍等職。桓溫之弟。陳：同「陣」，戰陣。

⑦ 朱辟：東晉人，生平不詳。

⑧ 策馬：驅馬。

⑨抗：抗擊，反抗。

⑩河朔：黃河以北的地區。斷瘧：消除瘧疾，使病痊癒。

【白話輕鬆讀】

桓石虔是司空桓豁庶出的長子，小名鎮惡。他已經十七八歲了，還沒有得到舉薦，而奴僕們都已稱他為「鎮惡郎」了。他曾住在桓宣武的書房裏，後來跟隨他出征到枋頭。車騎將軍桓沖陷入敵陣，左右之人沒有誰能夠救他出來。桓宣武告訴石虔說：「你叔父落入賊人包圍之中，你知道嗎？」石虔一聽，勇氣奮湧，命令朱辟做副將，驅馬於數萬敵軍之中，無人能夠抵擋。他徑直把桓沖救回，三軍將士為之歎服。後來黃河以北的人們就用他的名字來驅除瘧鬼。

經典延伸讀

嘉興令吳士季者曾患瘧①，乘船經武昌廟過，遂遣人辭謝，乞斷瘧鬼焉。既而去廟二十餘里，寢際忽夢塘上有一騎追之，意甚疾速②。見士季乃下，與一吏共入船。後縛一小兒將去，既而瘧疾遂愈。

（宋・李昉等編《太平廣記》卷三一八《鬼三》「吳士季」條引《錄異傳》）

【說文解字】

①吳士季：唐朝人，生平不詳。
②寢際：睡覺的時候。

【白話輕鬆讀】

嘉興縣令吳士季曾患瘧疾，一次乘船經過武昌廟，便派人向廟神辭謝，乞求趕走瘧鬼。離開武昌廟二十多里後，他在睡覺時忽然夢見水塘上有一個人騎馬追他，樣子非常快。後看見了吳士季才下馬，和一個官吏一同進入船中。後來這個人捆了一個小男孩，並且帶走了他。不久，吳士季的瘧疾就痊癒了。

多思考一點

古代迷信，認為瘧疾是瘧鬼作祟的結果。本篇通過桓石虔沖入敵陣拯救叔叔的故事，刻畫了他的豪爽磊落的性格，並表現了他的英勇無畏的精神。而黃河以北的人們用他的英名來驅除瘧鬼，更表現了對這位青年英雄的敬重。本篇敘事簡潔，着墨不多，而人物如畫，躍然紙上。

牀頭捉刀

魏武將見匈奴使①，自以形陋②，不足雄遠國③，使崔季珪代④，帝自捉刀立牀頭⑤。既畢，令間諜問曰：「魏王何如？」匈奴使答曰：「魏王雅望非常⑥，然牀頭捉刀人，此乃英雄也。」魏武聞之，追殺此使。

（《容止》）

【說文解字】

①魏武：魏武帝曹操，參見「絕妙好辭」條註①。　匈奴：漢魏時北方遊牧民族名。

②陋：醜陋。

③雄：稱雄。

④崔季珪：崔琰，字季珪，三國魏東武城（今山東武城西）人。在曹操手下任職。他眉目疏朗，很有威嚴。

⑤捉刀：握刀。　牀：當時的一種坐具。

⑥雅望：嚴正的儀容。

【白話輕鬆讀】

魏武帝將要接見匈奴的使者。他自己因為形貌醜陋，不足以稱雄於遠方國家，便叫崔季珪作替身，自己握着刀站在牀邊。在接見儀式舉行後，曹操令密探去打聽說：「魏王怎麼樣啊？」匈奴使者回答說：「魏王的風雅和威望非同尋常，可是牀邊握刀的那個人，這才是真正的英雄！」曹操得知此言，便派人追殺了這位使者。

經典延伸讀

……（承）宮拜博士①，遷左中郎將。數納忠言②，陳政，論議切愨③，朝臣憚其節④，名播匈奴。時北單于遣使求得見宮⑤，顯宗敕自整飾⑥，宮對曰：「夷狄眩名⑦，非識實者也。臣狀醜，不可以示遠，宜選有威容者。」帝乃以大鴻臚魏應代之⑧。

《後漢書》卷二七《承宮傳》

【說文解字】

① 承宮（？～76）：字少子，東漢琅邪姑幕人。曾任博士、左中郎將等職。

② 數（粵 sok³ 普 shuò）：屢次。

③ 切愨（粵 kok³ 普 què）：懇切，中肯。

④ 憚：懼怕。

⑤ 單（粵 sin⁴ 普 chán）于：匈奴人的首領稱為單于。

⑥ 顯宗：東漢孝明皇帝劉莊，公元 58 ～ 75 年在位。　敕：命令。　整飾：修飾。

⑦ 夷狄：當時中原人對北方少數民族的蔑稱。　眩（粵 jyun⁴ 普 xuàn）名：迷惑於聲名。

⑧ 魏應（？～80）：字君伯，東漢任城人。曾任大鴻臚（粵 lou⁴ 普 lú）、上党太守等職。

【白話輕鬆讀】

承宮被任命為博士，又升遷為左中郎將。他屢次採納忠言，陳述政事，議論中肯，朝臣懼怕他的氣節，名聲遠播於匈奴。當時北單于派遣使者求見承宮，顯宗皇帝命令承宮將自己整飾一番，承宮回答說：「夷狄之人迷惑於我的名聲，他們並非認識實際的人。臣下外貌醜陋，不宜顯示給遠方來的人，所以應該選擇有威嚴、有容貌的人接見他們。」皇帝便以大鴻臚魏應代替了承宮。

多思考一點

在我國漢朝和三國時期，人們一般以身材高大、明眉秀目、長髯飄拂為美。這是一種陽剛之美。崔琰是符合這種審美標準的美男子。但匈奴使者是明眼人，善於察顏觀色，所以一見面就知道接見他的是假魏王，可能是因為崔琰缺少英雄之氣的緣故。這個故事很簡短，但情節多變，引人入勝。丢開最後一句，初讀此文，覺得曹操滑稽有趣，接見外國使者像是在演戲。細讀之後便覺得曹操多疑而譎詐，為了威服遠國竟然如此不擇手段。再讀最後「追殺此使」一句，頓覺曹操專橫殘忍，不講信義。這個故事頗有戲劇色彩，也是很有名的。後人稱代人作文或替人做事為「捉刀」，稱代人作文或替人做事的人為「捉刀人」，都是由此引申出來的典故。而承宮的事跡與上述的捉刀故事也十分相似，而且發生的時間相距不遠。《世說新語》的這個故事可能是有事實依據的。

望梅止渴

魏武行役①，失汲道②，軍皆渴，乃令曰：「前有大梅林，饒子③，甘酸可以解渴。」士卒聞之，口皆出水。乘此得及前源。

（《假譎》）

【説文解字】

① 魏武：即曹操。行役：行軍。

② 汲道：取水的通道。

③ 饒：多。

【白話輕鬆讀】

魏武帝率部行軍，找不到取水的通道，軍士們都渴了，於是他傳令説：「前面有大片的梅樹林，梅子很多，又甜又酸，可以解渴。」士兵們聽了這番話，嘴裏都流出了口水。趁着這個機會，部隊得以到達前面的水源。

經典延伸讀

吳人多謂梅子為「曹公」①，以其嘗望梅止渴也；又謂鵝為「右軍」②，以其好養鵝也。有一士人遺人醋梅與燖鵝③，作書云④：「醋浸曹公一甕⑤，湯燖右軍兩隻，聊備一饌⑥。」

（宋・沈括《夢溪筆談》卷二三）

【說文解字】

① 吳人：江南一帶的人。

② 謂鵝為「右軍」：右軍，即著名書法家王羲之。王羲之愛鵝，故以手書《道德經》（一說為《黃庭經》）換得山陰道士所養之鵝，事見《晉書》卷八〇本傳。

③ 遺：饋贈。 燖（粵 cam^{4} 普 xún）：南方飲食的一種烹調方法。

④ 作書：寫信。

⑤ 甕（粵 ung^{3} 普 wèng）：罎子一類的器皿。

⑥ 饌：飲食。

【白話輕鬆讀】

江南一帶的人大多稱梅子為「曹公」，因為他曾經望梅止渴；又稱鵝為「右軍」。有一位讀書人贈送給別人醋梅和燖鵝，他在信中寫道：「送去醋浸曹公一甕，湯燖右軍兩隻，姑且當作一頓飲食吧。」

多思考一點

本篇所寫望梅止渴的故事表現了曹操的狡詐性格。而從另一個角度看，曹操確實是一位傑出的領袖人物，他對人的本性有非常深刻、細緻的了解，因而具有高超的領導藝術，這為他在政治方面的成功提供了重要的保障。俗話說：遠水解不了近渴。但是，在曹操手中，遠梅卻解了近渴。這也可以說是這位大政治家和大軍事家創造的奇跡吧。